# Zu diesem Buch:

**Recklinghäuser Zeitung**

Berte Bratt ist meine Lieblingsschriftstellerin, weil ihre Bücher so natürlich wirken...

**Fuldaer Zeitung**

Berte Bratt stellt Probleme und Kämpfe eines jungen Mädchens dar. Sie versucht, aus ihrer Lebenserfahrung heraus zu helfen.

**Saarländischer Rundfunk**

Die Autorin Berte Bratt schreibt zwar in einem amüsanten Stil, versucht aber dennoch, spezielle Probleme junger Mädchen zu schildern und Lösungswege zu zeigen.

BERTE BRATT

# ANNE UND JESS

## DER WEG INS GLÜCK

ROMAN

Schneider-Buch

Schneider-Buch

Die Anne-Reihe von Berte Bratt umfaßt die Bände:
Das Leben wird schöner, Anne!
Anne und Jess
Anne, der beste Lebenskamerad
Titel der norwegischen Originalausgabe:
Slik skal det vaere, Anne!
Übersetzung: Thyra Dohrenburg
Schutzumschlag: Nikolaus Moras
Illustration: Werner Heymann
Bestellnummer: 6641

8000 München 46, Frankfurter Ring 150
ISBN 3 505 06641 9
Erscheint auch in Dänemark, Norwegen und Schweden

*Inhalt*

## *Zu Hause am Möwenfjord*

Der Gipfel des Schwarzbuckels war in den Glanz der Nachmittagssonne getaucht. Aber im Tal und an den Berghängen krochen die Abendschatten schon hervor.

Die Hofgebäude von Möwenfjord lagen in diesem Schatten. Der Abend kam hier früh.

Im Kuhstall rasselten die Eimer. Der Brunnendeckel auf dem kleinen Wirtschaftshof knallte zu. Irgend jemand streifte auf den Treppenfliesen die Holzschuhe ab, und dann ging eine Tür.

Der Kater spazierte würdig vom Stall herüber. Er leckte sich den Milchschaum vom Schnurrbart; dann trottete er am Haus vorbei, den Steig hinan, ruhig und zielbewußt.

Der alte Maunz hatte seine festen Gewohnheiten. Sobald er im Stall sein Schälchen Milch getrunken hatte, ging er nicht, wie andere Katzen mit Selbstbewußtsein, auf die Fliesen vor der Stalltür hinaus, um die Abendwäsche vorzunehmen. Sondern er lief hundert Meter den Steig bergauf. Dort wußte er einen Stein auf einem entlegenen Felsvorsprung. Auf dem machte er sich's behaglich und genoß die letzten Strahlen der Sonne, während er sich sorgsam Gesicht und Pfoten putzte und was sonst noch des Putzens bedurfte. Es konnte auch geschehen, daß ihm eine Spitzmaus über den Weg lief, die ihm eine willkommene Extramahlzeit lieferte.

Er blieb auf seinem Steine sitzen und hing seinen eigenen kleinen, verständigen Katergedanken nach; dabei blickte er bedächtig zur Höhe hinauf. Um diese Zeit des Tages sollte man wirklich nicht aufs Fjäll hinaufgehen. Diese Erfahrung hatte der Kater Maunz seit vielen Jahren gemacht. Aber heute abend gingen zwei Menschen auf dem schmalen Pfad bergauf. Immer höher stiegen sie, ganz bis nach oben, wo die Nachmittagssonne noch hinkam – und sonst nur noch die Schafe liefen. Das spröde Geläut des Schellenschafs tat kund, daß hier die Herde graste, und daß alles wohlauf und in Ordnung war.

Die beiden, die den steilen Pfad bergan stiegen, waren ein junger Mann und ein Mädchen.

War der Pfad breit genug für beide, dann gingen sie nebeneinander, und der Mann legte seinen Arm um die Schultern des Mädchens. Wenn aber der Steig zu eng wurde, gingen sie hintereinander, das Mädchen voraus. Die Abendsonne glänzte auf dem hellen Haar.

*Von ihrem alten Ausguck zeigte Anne dem Freund die Heimat*

Das Haar des Jungen glänzte in der Sonne fast schwarz.

Jetzt blieben die beiden stehen. Das Mädchen wandte sich nach dem Begleiter um und lächelte.

„Hier ist es, Jess."

Er trat zu ihr. Sie stand vor einer kleinen Mulde, die gegen den West- und Südwind geschützt lag. Saß man in der Vertiefung, dann war der Wind überhaupt nicht zu spüren. Aber durch einen tiefen Einschnitt im Gestein sah man das Meer – das große, weite Meer hinter dem Schärengarten.

Sie setzten sich. Für zwei war es eng in der winzigen Mulde; doch Jess und Anne hatten nichts dagegen, eng zu sitzen.

Jetzt legte er wieder seinen Arm um ihren Nacken. Er starrte übers Meer. Das ferne, gute Läuten des Glockenschafs klang ständig in seinen Ohren.

„Was dachtest du so, wenn du hier saßest, Anne?"

Sie lächelte.

„Ach, alles Mögliche. Oft hatte ich Bücher mit und immer ein Strickzeug. Es kam vor, daß ich alles um mich her vergaß. Besonders wenn ich las. Einmal hatte sich ein Lamm verirrt. Es war eine böse Sache für mich, nach Haus zu gehen und zu beichten. Ich wurde wieder auf den Berg geschickt, um das Lamm zu suchen und fand es auch. Es hatte sich verstiegen – dort – siehst du den Absatz dort? Nein, höher hinauf – ja, dort oben. Ich mußte wieder nach Haus zurückrennen – und Magnus holen. Und er mußte sich am Seil runterlassen und das Lamm rauftragen. So was kann vorkommen, wenn das Hirtenmädchen dasitzt und englische Grammatik lernt, siehst du!"

Anne lachte.

„Und als du nach Hause kamst?"

„Da war ich so müde, daß ich meine Beine nicht mehr fühlte. Aber denke bloß nicht, daß sie Mitleid mit mir hatten! Ich legte mich ins Bett und schlief wie ein Stein, doch vorher bekam ich noch eine mächtige Gardinenpredigt, die ich bis heute nicht vergessen habe."

Jess blickte in das helle Gesicht und lächelte. Dann schweifte sein Blick den Hang hinauf, auf dem die Schafe sich wie weiße Wollknäuel gegen die Fjällwand abhoben.

„Aber jetzt paßt doch niemand auf sie auf", sagte er.

„Nein, die großen können allein herumlaufen. Nur als die Lämmer da waren, mußte ich hüten. Jetzt sind sie größer, wenn sie ins Freie gelassen werden. Seit wir den neuen Schafstall haben, können wir früher Lämmer zulegen."

„Lämmer zulegen?" fragte Jess verwundert.

„Ja, es so einrichten, daß die Schafe früher lammen – früher Hochzeit feiern!“ lachte Anne. „Sie kriegen dann ihre Lämmer im warmen Stall und behalten sie dort die ersten Wochen um sich, verstehst du? Und wenn die Lämmer dann rausgelassen werden, können sie einigermaßen auf eigenen Füßen stehen.“

„Aha – so ist das –“, sagte Jess.

„Du glaubtest wohl, der Klapperstorch brächte die Lämmer, was?“ sagte Anne neckend. Da griff Jess in ihre helle Mähne.

„Wenn du nicht artig bist, dann . . .“

„Was dann?“

„Dann setzt’s was!“

„Was denn?“

„Das wirst du schon sehen!“

„Na gut. Ich bin nicht artig! Das möcht ich wirklich mal sehen!“

Jess nahm sie fester in den Arm, bog ihren Kopf zurück und gab ihr einen Kuß. Wieder und wieder küßte er sie, und dazwischen lachte er sie an.

Dann schwiegen sie eine lange Weile. Sie saßen in Annes „Lesemulde“, eines sich der Nähe des anderen bewußt, das Glück erfüllte sie ganz. Das Glück, beisammen zu sein, sich lieb zu haben, das Glück, hier oben auf dem Fjäll zu sitzen und die reine, salzige Meeresluft einzuatmen.

Für Anne aber kam noch das Glück hinzu, daheim zu sein und Jess auf Möwenfjord zu haben, hier bei den Ihren.

Es war so wunderbar gewesen, heimzukommen. Zwei Jahre hatte Anne in der Stadt geschafft und gearbeitet. Zwei Jahre grenzenloser Mühsal hatte es sie gekostet, bis zum Abitur durchzuhalten. Und jetzt war sie am Ziel. Vor drei Tagen hatte sie an der Reling des Dampfers gestanden, der sie heimbrachte. Sie hatte die altbekannten Orte auftauchen sehen, einen nach dem andern. Unbeschreiblich war dies Glück gewesen, so – so voller Andacht. Noch jetzt empfand Anne diese glückliche Stimmung. Die Sonne schien, und der Fjord lag grün und schimmernd da. Anne wußte gut, daß sie nicht ohne Ehren heimkam. Sie war dünner geworden, gewiß – ganz furchtbar dünn sogar. Aber im Koffer lag die schwarze Studentenmütze mit der Troddel und noch etwas Besseres: das Abiturzeugnis, in dem klar und deutlich zu lesen war, daß Anne Viken die Prüfung summa cum laude bestanden hatte.

Und dann der Höhepunkt des Glücks – eines Glücks, so grenzenlos, daß Anne es kaum fassen konnte:

Neben ihr, mit seiner Hand auf ihrer, stand Jess an der Reling. Ihr Jess. Ihr junger, fröhlicher, gescheiter Jess.

Jess, den sie einmal heiraten wollte.

Der Dampfer fuhr mit halber Geschwindigkeit durch den Fjord. Anne ließ ihre Augen über das Nordufer wandern. Dort tauchte der Graukollen auf – dort der Söyhang – und dort . . .

„Schau dort, Jess! Das braune Haus dicht unterm Fjäll . . .“

Jess folgte der Richtung ihres Zeigefingers.

„Ja? Das ist doch nicht etwa . . .“

„Doch, Jess. Das ist unser Hof. Möwenfjord.“

Er nahm das ganze Anwesen mit einem großen, weiten Blick in sich auf. Das braune Wohnhaus, die alten kleinen Nebengebäude – alt, aber gut gehalten. Den schroffen Felshang – ja, es sah tatsächlich so aus, als ob das Wohn-

*„Dort liegt unser Hof, Jess!"*

gebäude auf einem kleinen Absatz in der Fjällwand läge. Den Steig, der von den Häusern bergauf führte. Den steilen, schmalen Steig. Kleine, sanftere Halden mit Ackerstreifen, kleine Fetzen grasbewachsener Wiese.

Klein, hart und schroff wirkte alles. Außerdem war es später Nachmittag, und die Häuser lagen im Schatten ...

Dann ließ er seinen Blick auf Anne ruhen. Er betrachtete ihr Profil, ihre Gestalt, wie sie dort stand, aufrecht und glückselig. Ihre Augen hingen an dem Vaterhaus.

„Anne", flüsterte Jess.

Es war ihr geradezu feierlich zumute, als sie die Brüder und die Schwestern wiedersah – und die Mutter. Vor allen Dingen die Mutter. Sie nahm Anne bei den Schultern, hielt sie von sich ab und schaute ihr forschend in das junge, strahlende Gesicht: „Meine kleine Anne . . .!"

Dann hatte sie schleunigst das Taschentuch hervorgeholt.

Aber dann wandte sie sich Jess zu, ruhig und gelassen, mit jener stillen Sicherheit, die Mutter Kristina immer eigen war:

„Willkommen auf Möwenfjord, Jess. Schön, daß du kommen konntest."

Anne war inzwischen vielerlei aufgefallen. Wann sie das Wohnhaus gestrichen hätten? Niemand hätte ihr geschrieben, daß eine neue Kuh angeschafft worden war! Und wo war denn die neue Uhr her, die an der Wand in der Wohnstube hing?

Am alleraufregendsten aber war das Bübchen, das bei Tore und Liv angekommen war. Es lag in seiner Wiege, schlief und ahnte nichts davon, daß es Sonntag über die Taufe gehalten werden sollte, und daß die junge blonde Tante und der neue Onkel Pate stehen sollten.

Jess wich nicht von Annes Seite. Er fragte und erkundigte sich nach allem. Er wollte über alles genau Bescheid wissen. Immer wieder staunte er: So hatte sie gelebt, seine kleine Anne! So hatte sie ihre Kindheit verbracht. Jess' Gedanken schweiften in seine eigene Kindheit zurück. Er dachte an die breiten Straßen und die großen Parks, an klingelnde Straßenbahnen, blinkende Autos, dröhnende Flugzeuge. Ständig wechselnde Wohnungen, alle möglichen Sprachen. Hunderte und aber Hunderte verschiedener Menschen, die im Hause seines Vaters aus und ein gegangen waren. Konzertsäle, Theater. Und über dem Ganzen immer die Musik. Sein eigenes Klavierspiel, Vaters Geige – Vaters Freunde, die zum Quartettspielen kamen. Und dann Reisen, Eisenbahnabteile, Schiffe, Autos, Flugzeuge. Die Bilder zogen an seinem inneren Blick vorüber, flimmernd und in stetem Wechsel.

Anne aber hatte in all diesen Jahren still, ruhig und ungestört in diesem winzigen Winkel der Welt gelebt.

Und nun waren sie auf Annes Ausguck, in ihrer „Lesemulde" ...

In den nächsten Tagen lernte Jess jedes Fleckchen Erde kennen, das für Anne Erinnerungen barg.

Sie hatte ihm die Nebengebäude gezeigt, den Bach, wo die Brüder Kreiselräder für sie aufgestellt hatten. Sie war mit ihm bis an den Steilhang herangetreten, wo sie als Kind nie hatte hingehen dürfen. Ja, sie hatte ihm den festen Haken in der Hauswand gezeigt, an dem sie als Kind immer angeseilt worden war.

„Wenn man das mit mir gemacht hätte, dann hätte ich mir wohl die Lunge aus dem Halse geschrien", sagte Jess und starrte nachdenklich den Haken an.

„Da hätte sich kein Mensch drum geschert", lachte Anne. „Alle Kinder auf Möwenfjord sind dort angeseilt worden. Vor vielen Jahren gab es einmal ein Unglück. Die kleine Schwester meines Großvaters stürzte hinab. Und seitdem haben sie aufgepaßt, siehst du –. In einem Jahr wird Bübchen auch schon so weit sein, daß er lernen muß, am Seil zu hängen."

„Daß du nie herausgefunden hast, wie du das Seil aufbinden könntest?" fragte Jess.

„Das hab ich einmal getan und nie wieder", sagte Anne ruhig. „Ich trabte los, auf den Steilhang zu, das Seil schleifte hinter mir drein. Und wenn Magnus mich nicht gesehen und wieder eingefangen hätte, dann hättest du höchstwahrscheinlich dein Abitur ohne Anne Vikens wertvollen Beistand machen müssen ..."

„Gesegnet sei der Magnus", sagte Jess.

„Das magst du wohl sagen. Immerhin – in der ersten Stunde habe ich ihn, glaub ich, nicht gerade gesegnet. Denn ehe er mich wieder festband, hat er mir eine Tracht Prügel verabfolgt, die ich noch heute fühle!"

„Was??" Jess schrie es fast und blieb einen Augenblick mit offenem Munde stehen, ehe er weitersprechen konnte. „Soll das heißen, daß Magnus dich geschlagen hat? Seine kleine Schwester geschlagen?"

„Ja, das kannst du mir glauben. Eben das soll es heißen. Ich weiß noch ganz genau, wie ich wieder angeseilt wurde, und wie ich dann dort an der Hauswand stand und vor Schmerzen brüllte. Ich hüpfte hin und her und rieb mir das Hinterteil. Es tat so weh, daß ich nicht still stehen konnte."

„Das ist doch das tollste ..." Jess suchte nach Worten. „Ein Kind schlagen – eine kleine Schwester schlagen – so was Gemeines gibt's wohl nicht noch mal."

Anne lächelte. Sie wandte den Kopf, denn sie hatte Schritte hinter sich gehört. Es war der älteste Bruder.

„Du kommst gerade zurecht, damit Jess dir eins an den Kopf geben kann", lachte sie. „Weißt du noch damals, wie du mich verhauen hast, weil ich versuchte, über den Steilhang zu kullern?"

„Und ob ich es noch weiß! Es war greulich, sag ich dir. Ich hab dich damals sicher grün und blau geschlagen –"

„Das stimmt", gab Anne zu. „Aber versuche einmal Jess begreiflich zu machen, daß du nicht anders konntest?"

„Ist das so schwer zu verstehen? Ja, ich weiß wohl, es heißt jetzt, man soll in Ruhe mit einem Kind reden und dergleichen – aber wenn ein fünfjähriges Mädel versucht, in den sicheren Tod zu rennen, dann wird das ruhige Reden wahrscheinlich keinen so tiefen Eindruck machen wie ..."

„... ein blaugeschlagenes Hinterteil", lachte Anne. „Nein, das ist sicher."

Jess blickte vom einen zum andern. Ihm schien ein Licht aufzugehen. Ihm schien das Einfache, das Unkomplizierte und unerbittlich Harte klar zu werden, das hier in der Natur lag. Die Schroffheit, die Erbarmungslosigkeit, die harten Bedingungen. Man mußte hoch aufs Fjäll hinaufsteigen und an Seilen hängen und klettern, um ein kleines Lamm zu bergen. Man mußte auf seinem Rücken das Heu zur Scheune tragen, um das Leben des Viehs zu erhalten. Man mußte in jedem Wetter zum Fischen hinausfahren, um das eigene Leben zu erhalten.

Man mußte ein kleines Kind schlagen, um dessen Leben zu erhalten.

Jess strich Anne übers Haar.

„Kleine Anne", sagte er leise. „Kleine große Anne. Anne vom Möwenfjord."

## *Festlicher Tag*

Das Motorboot aus Möwenfjord glitt durch die Junisonne fjordeinwärts. Es war Sonntag, und in der Kirche drinnen im Dorf sollte Kindtaufe sein.

Vorn im Plankengang saß Anne allein. In der Mitte des Boots saß Magnus am Motor, und hinter ihm, auf der breiten Ducht, hatten Liv und Marthild mit dem Täufling ihren Platz. Tore stand achtern am Steuerruder. Dort saßen auch Mutter Kristina und Jess.

Kristinas blendend weißes Kopftuch leuchtete in der Sonne. Sie hatte heute Tracht angelegt, die Mutter Kristina. Es kam selten genug vor, daß sie sie einmal aus der Tiefe ihrer Truhe hervorholte.

Sie hatte die breiten, kräftigen Hände im Schoß um das Choralbuch gefaltet. Heute war es für Mutter Kristina ein hoher Festtag. Es war der erste Sohnessohn, und sie sollte ihn zum Altar tragen.

Anne hatte auch die Volkstracht angelegt. Es war Marthilds alte, denn die Schwester nähte sich eine neue. Marthild wollte im August heiraten, und für die Brautkrone wollte sie eine neue Tracht haben.

Annes schneeweißes, gesticktes Hemd wurde von Großmutters schwerer alter Filigranschließe zusammengehalten. Mutter hatte sie ihr heute morgen eigenhändig angesteckt. „Großmutter hatte bestimmt, du solltest sie an deinem Hochzeitstag haben", sagte Mutter Kristina dabei. „Aber wenn Großmutter gewußt hätte, daß du uns so viel Freude machst und mit der Studentenmütze nach Hause kommst, dann wäre es ihr sicher recht, daß du die Schließe jetzt schon bekommst."

Annes weiße Hemdärmel schimmerten im Sonnenlicht. Immer, wenn sie sich bewegte, klimperte es leicht und zart in dem reichen Gehänge der Schließe. Sie mußte immer einmal schnell den Kopf senken und einen Blick darauf werfen. Die Schließe war unglaublich schön. Es erfüllte sie mit Andacht, daß sie sie tragen durfte, und daß die Großmutter sie ihr vermacht hatte.

Dann hob sie den Kopf wieder und begegnete Jess' Blick. Sie lächelten einander zu. In dem Lächeln lag alles, was die beiden dachten.

Anne konnte sich nicht entsinnen, jemals so glücklich gewesen zu sein.

Ihre Augen hingen an der Mutter und an Jess. Ja, *das* war das beste von allem, was sie je erlebt hatte: daß diese beiden Menschen, die sie von allen in der Welt am meisten liebte, diese beiden Menschen, die in zwei gänzlich verschiedenen Welten beheimatet waren, deren Leben so ganz verschieden verlaufen war, daß sie in gegenseitiger Liebe und Achtung zueinander gefunden hatten.

Ja, es war so gekommen, wie Onkel Herluf vorhergesagt hatte: Herzensbildung und Güte schlugen eine Brücke über alle Schwierigkeiten und Verschiedenheiten.

Anne hatte es in diesen Tagen gesehen, wenn Mutter Kristina dem jungen Schwiegersohn mit verwunderten Augen folgte. Er war Kavalier, der Jess, ob er mit Mutter Kristina zusammen war oder mit den berühmten Künstlern, die in seinem Elternhaus verkehrten. Jess hielt Mutter Kristina die Türen auf und ließ sie vorgehen. Jess stand auf, wenn Mutter Kristina stand. Er benutzte jeden kleinsten Anlaß, um sich ihr gefällig zu erweisen. Wenn Mutter Kristina in die Küche ging, um aufzuwaschen, schlich Jess hinterher und trocknete ab. Ihren Widerspruch beachtete er nicht. Und an der Aufwaschwanne wurde geplaudert. Anfangs bestritt Jess die Unterhaltung allein; er erzählte kleine und lustige Dinge aus der großen Welt, in der er lebte, und Mutter Kristina hörte zu. Später wurde sie selbst redseliger, und die beiden fanden sich – vor allen Dingen in der gemeinsamen Liebe zu Anne, aber auch sonst in allem Menschlichen. Sie waren beide warmherzige Menschen mit denselben elementaren Begriffen von Gut und Böse, Häßlich und Anständig, Falsch und Richtig.

O ja, Jess' Besuch auf Möwenfjord konnte nicht besser gelungen sein. Wenn Tore und Magnus diesen Stadtmenschen auch in mancher Beziehung sonderbar fanden, so schlossen sie dennoch Freundschaft mit ihm. Alle mußten Jess gut sein, alle wurden von seinem fröhlichen Lächeln und seiner Munterkeit angesteckt. Jess hatte es fertiggebracht, daß die schweigsamen Leute auf Möwenfjord plauderten; er hatte das Lachen aus ihnen herausgelockt. Liv und Marthild aber – nun, deren Begeisterung für den jungen Schwager war größer, als sie zugeben wollten!

Anne spürte ein so bebend warmes Glück in sich, daß sie nicht begriff, wie sie es ertrug. Daß das Glück so aussehen konnte.

Das Motorboot töffte stetig und ohne Aufenthalt seinem Ziel entgegen, der weißen Holzkirche. Glänzend ragte sie in der Junisonne mitten zwischen den vielen Häusern im

Innern des Fjords auf. Dort war der Dampferkai, der Krämerladen. Dort lagen der Pfarrhof und die Amtsschreiberstube, das Telefonamt. Dort wohnte auch der Arzt.

Jess holte den Fotoapparat hervor. Er hatte „Kilometer von Filmen" aufgenommen, wie er selbst sagte – ob es nun die kleinen weißen Lämmchen waren oder die fernen Schneezinnen, Mutter Kristina am Webstuhl und Anne in Tracht. Allerdings waren die meisten seiner „Kilometer" mit Anne draufgegangen, Anne in allen möglichen Situationen und vor allen möglichen Hintergründen aufgebaut!

Sie legten am Kai an. Magnus schaltete den Motor ab, Tore sprang auf die Kaimauer hinauf, um das Boot festzumachen.

Still und andächtig schritt Mutter Kristina an der Spitze des kleinen Gefolges dahin. Auf ihren Armen trug sie den kleinen Burschen. Ihre Augen waren verdächtig blank.

Jess beobachtete, wie ehrerbietig die Leute aus dem Ort Mutter Kristina grüßten. Ehrerbietig und herzlich zugleich. Viele kamen heran und gratulierten ihr zum Enkelsohn.

Die kleine Gruppe näherte sich dem Eingang zur Sakristei. Jess blieb stehen und hielt Anne am Arm fest.

„Laß uns zusammen in die Kirche hineingehen, Anne!"

„Ja, natürlich. Willst du dir gern den Gottesdienst anhören? Hast du Lust dazu? Ich dachte, daß . . ."

Jess lächelte.

„Nein, kirchlich fromm bin ich wohl nicht gerade. Aber in diese Kirche gehe ich gern."

Anne nickte und verstand. Allein der Friede an diesem sonnenwarmen Junitag, die feierlich gestimmten Kirchgänger, die winzige Holzkirche, die dalag, als sei sie aus dem steinernen Grund emporgewachsen – dies alles lud zu einer stillen Andacht ein.

Obwohl Anne so viel mit Jess gearbeitet, und obwohl er seinen Aufsatz in Neunorwegisch zum Abitur wirklich gut zustande gebracht hatte, vermochte er dieser Predigt in Neunorwegisch doch nicht zu folgen. Er lauschte auf die Orgel, blieb sitzen und sah sich in dem alten, bescheidenen Kirchenschiff um. Durch die Fenster fiel ein Sonnenstrahl auf das kleine, abgenutzte Altarrund, auf die Altartafel mit den alten Schnitzereien, auf die kleine Kanzel mit dem Lesepult, dessen Sammet verblichen und verschlissen war. Und eins wurde Jess ganz klar: Wenn er und Anne Hochzeit feiern würden, dann sollte es in dieser Kirche sein und nirgendwo sonst in der Welt.

Er suchte Annes Blick, und ihre Gedanken trafen sich. Sie verstanden einander ohne Worte, jetzt wie immer.

Das Bübchen war getauft; man trat die Heimfahrt an. Nach Haus zum festlichen Mahl auf weißem Linnen und mit altem Silber und dem besten Geschirr. Anne hatte den Tisch mit Heckenrosen geschmückt, hatte kleine Sträußchen über die ganze Tafel hin verstreut, wie sie es bei Aspedals gelernt hatte.

Es war nicht die Art der Leute auf Möwenfjord, Reden zu halten. Sie beschränkten sich darauf, ein paar Worte an das Bübchen zu richten und ihm ein langes und glückliches Leben zu wünschen.

Aber als man den Lammbraten verzehrt hatte und Marthild gerade aufstehen wollte, um die Erdbeerkrem zu hölen – da räusperte sich Jess mit einemmal und erhob sich von seinem Sitz.

„Liebe Mutter Kristina und ihr Lieben alle“, begann er und gab sich alle Mühe, reines Norwegisch zu sprechen. „Es ist das erste Mal in meinem Leben, daß ich Pate gestanden habe. Und da meine ich, daß ich meinem Patenkind auch etwas Gutes wünschen muß. Es ist so leicht, das hier zu tun. Ich habe in den paar Tagen, seit ich bei euch bin, viel gelernt. Ich habe zum ersten Mal in meinem Leben wirklichen Frieden erlebt, eine ungestörte Harmonie. Ich darf nicht sagen, ich hätte zum ersten Mal eine glückliche Familie gesehen, denn mein eigenes Zuhause ist ebenfalls glücklich. Wir haben aber nicht den ungestörten Frieden, wie ihr ihn besitzt! Ich habe mir diesen Hof genau angesehen, den die stille Emsigkeit und die Redlichkeit von Generationen aufgebaut haben. Ich habe die Umgebung kennengelernt, in der Anne groß geworden ist. Und wenn ich dem Bübchen einen Wunsch mit auf den Weg geben soll, dann ist es dieser: Möge er Anne ähnlich werden, möge er euch allen ähnlich werden, möge er die Tradition von Möwenfjord weiter führen!

Morgen fahren wir wieder weg, Anne und ich. Wir müssen zu unserer Arbeit zurück, das wißt ihr. Und da ich nun sowieso eine so lange Rede gehalten habe, möchte ich euch allen gleich meinen Dank aussprechen für diese Tage. Ihr alle habt mich so viel gelehrt und mir so viel gegeben. Und ihr versteht mich sicher, wenn ich vor allen Dingen Mutter Kristina meinen Dank sage. Liebe Mutter Kristina, ich bin ein reicherer Mensch geworden, weil ich dich jetzt kenne. Ich danke dir, daß du mich so in deinem Hause aufgenommen hast. Ich danke dir, daß du mir Anne anvertrauen willst. Ich weiß nicht, was ich für die Zukunft versprechen kann. Du weißt, wir Künstler, wenn ich mich so nennen soll, sind ein fahrendes Volk und wissen nie, was aus uns wird. Ich kann dir nur eins versprechen: Ich will immer gut zu Anne sein.

Alle guten Wünsche dem Täufling – alles Gute für Mövenfjord – und –“ Jess stotterte ein wenig, errötete – und dann entfuhr es ihm, und seine Stimme war ein ganz klein bißchen belegt:

„– – und Gott segne dich, Mutter Kristina!“

## *Heimliche Fürbitte für Jess*

Das neue Kurhotel Westenbergen lag im Innern eines engen Fjordarmes. Ein kleiner Park erstreckte sich vor dem Hotel bis zur Anlegebrücke hinunter. Dahinter ragten die Berge auf, hoch und schwarzblau, mit kleinen Gehölzen am Fuße und an den Hängen hinauf und mit Schnee auf den kahlen Scheiteln.

Anne hatte viel Nutzen von den Hotelerfahrungen aus den zwei Sommermonaten im vorigen Jahr, als sie auf Aurestua zur Aushilfe gearbeitet hatte. Es war schön für sie, wieder mit Frau Legard zu tun zu haben, der Hausdame von Aurestua, die dies Jahr nach Westenbergen gekommen war und Anne diese Stellung verschafft hatte.

Keine zwei Tage waren vergangen, da war Anne wieder ganz im gewohnten Trott. Sie räumte die Zimmer auf und machte die Betten. Sie half beim Lunch und Mittagessen

*Morgens Zimmermädchen, mittags Servierfräulein*

servieren. Sie lief wie ein Wiesel hin und her, mit eisgekühlten Getränken für die Amerikaner, Apéritifs für die Franzosen und Kübeln von Tee für die Engländer.

Und die Trinkgelder begannen sich in ihrem Kasten zu sammeln.

Sie sparte jeden Öre, jeden Cent, jeden Pfennig, jeden Penny. Denn sie wußte: das Jahr, das sie vor sich hatte, würde ebenso kostspielig wie anstrengend werden. Die Studentenklasse der Höheren Handelsschule stellte weit höhere Anforderungen als das Gymnasium. Das behaupteten jedenfalls alle, die es versucht hatten.

Auf Westenbergen war alles voll belegt. Anne war froh darüber. Die Gäste wechselten oft, und darüber war sie noch froher. Sie nahm mehr Trinkgelder ein, wenn drei Gäste je zwei Tage auf Westenbergen verbrachten, als wenn ein Gast sechs Tage dort war. „Angewandte Mathematik", lachte Anne, als sie Jess ihre Trinkgeldberechnungen auseinandersetzte.

„Du hast wahrlich Dusel", sagte Jess. „Wenn ich doch auch Trinkgelder bekäme! Aber ein Musiker ist offenbar zu fein dazu! Denk bloß, wie famos das wäre, wenn die Gäste mal einen Fünfkronenschein mit in die Zettel wickelten, die sie uns ab und zu mit ihren Wünschen raufschicken, ‚Caprifischer' oder ‚Brahms Wiegenlied'."

„Dir müssen doch eigentlich die ‚Caprifischer' ebenso wie ‚Brahms Wiegenlied' bald lang zum Halse raushängen", sagte Anne.

„Das ist noch nicht das Schlimmste", lachte Jess. „Habe ich dir nicht erzählt, was vorgestern einer von uns verlangt hat? ‚Können Sie nicht Beethovens Neunte spielen?' Kannst du nicht geradezu hören, wie der Geiger und ich die Neunte so mal eben hinlegen – mit Soli und Chor?"

Anne lachte, daß sie sich beinahe verschluckte.

An diesem Abend rief ein Gast sie an seinen Tisch. Ob sie den Musikern freundlichst diesen Zettel hinaufbringen möchte?

Aber ja, natürlich. Anne warf einen heimlichen Blick darauf. Diesmal sollte es der „Tango jalousie" sein.

Da kam ihr ein Gedanke. Sie kramte in ihrer Tasche, in die sie immer ihr Trinkgeld stopfte. Doch, ein Fünfkronenschein war dabei. Sie faltete ihn zusammen, wickelte ihn in den Zettel und brachte ihn zu Jess hinauf, der im Smoking auf der kleinen Musikestrade saß und den Flügel bearbeitete.

Er spielte mit der linken Hand weiter, während er die Rechte nach dem Zettel ausstreckte. Anne ging wieder auf ihren Platz an der Tür zurück und beobachtete ihn verstohlen. Er sperrte den Mund weit auf, als der Geldschein ans Tageslicht kam. Anne mußte sich auf die Lippen beißen, um nicht laut aufzulachen. Dann schien ihm ein Licht aufzugehen. Er warf Anne einen Blick zu, der eine Tracht Prügel verhieß oder mindestens eine gründliche Abreibung.

Die kam dann auch spät am Abend, nach Dienstschluß. Sie waren beide müde, hatten es sich aber zur Gewohnheit gemacht, vor dem Schlafengehen in der frischen Luft noch ein wenig spazieren zu gehen. Die kühle Nachtluft tat gut nach der Hitze und dem Tabaksdunst in den Salons.

„Du bist ein Schelm!“ stellte Jess fest. „Man sollte nicht meinen, daß du so ein Neckteufel bist, harmlos wie du aussiehst. Hier hast du deinen Mammon wieder, hüte ihn gut, du wirst ihn zum Herbst brauchen.“

„Das tu ich sicher“, seufzte Anne. „Weißt du, ich bin froh, daß ich das Zimmer bei Hagensens wiederbekomme. Wenn es auch nicht gerade luxuriös ist, aber stell dir bloß vor: ich krieg es gegen zwei Stunden Morgenarbeit! Was es für mich bedeutet, die Miete zu sparen, das kannst du dir ja denken.“

„Gewiß, das Leben ist ohnehin teuer genug“, gab Jess zu. Und wieder überlegte er, wie ungleich die Güter dieser Welt verteilt waren. Er selbst hatte ein schönes Zuhause und Eltern, die alles für ihn bezahlten. Für ihn wurde gut gesorgt. Er wurde mit allen möglichen Stärkungsmitteln gefüttert, sobald er überanstrengt war oder dünner wurde. Während sein kleine Anne ...

„Du hast uns ja immer als Rückhalt, vergiß das nicht", tröstete er sie und sich selbst. „Mutter hat immer eine Kelle Biersuppe oder einen Teller Apfelspeck übrig, falls du ..."

Anne schnitt eine fürchterliche Grimasse. Uff, daß der Spottvogel auch nie diese entsetzlichen Gerichte auslassen konnte! Beim besten Willen bekam sie diese beiden Speisen nicht hinunter!

„Ich komm lieber, wenn es Frikadellen und Mokkakreme gibt. Das habe ich das erste Mal bei euch gegessen", und sie lächelte in der Erinnerung glücklich vor sich hin.

„Denk nur, wir gehen dann wieder in dieselbe Schule", sagte Jess. „Das ist für mich tatsächlich der einzige Lichtblick in diesem Jahr. Ich graule mich vor der Handelsschule."

„Es ist aber vernünftig, Jess", sagte Anne. „Dein Vater hat wirklich recht. Du mußt etwas haben, worauf du zurückgreifen kannst, falls ..."

„Falls ich als Musiker versage, ja ich weiß. Aber der Kukkuck soll's holen, Anne! Wenn man bloß darauf brennt, zu spielen und zu komponieren, zu komponieren und zu spielen! Ich bin so wahnsinnig gespannt auf das Operettenlibretto von Lotti und Henrik, ob mir was Brauchbares einfällt!"

Ja, Anne wußte, wo Jess' Gedanken waren. Auch wenn er ihr nichts gesagt hätte, so hätte sie es trotzdem gewußt. Anne machte nämlich Jess' Zimmer sauber. Und immer war es über und über mit vollgeschriebenen Notenblättern besät. Kleine Klavierkompositionen, Entwürfe und einzelne Takte von Orchesterkompositionen; Versuche, kleine Verse in Melodie zu setzen.

Ein paarmal hatte Jess ihr vormittags, wenn alle Gäste draußen waren und die Salons leer lagen, eine kleine Komposition vorgespielt. Wenn Anne sich zehn Minuten von ihrer Arbeit wegschleichen konnte, dann spielte er nur für sie.

Sie lauschte und nickte. Manchmal hatte sie auch einen fragenden Blick.

„Weißt du – dies hier – das ist so anders –", sagte sie eines Tages. Sie überlegte, suchte nach Worten. „Das ist irgendwie – so – so norwegisch! Es ist gewissermaßen – nicht hart, das wäre falsch – aber herber als das, was du früher gemacht hast."

Jess nickte lächelnd.

„Ich freue mich, daß du das hören kannst. Ich hätte es nie machen können, wenn ich nicht auf Möwenfjord gewesen wäre. Dort entstand es in meinem Innern. Es sang die ganze Zeit in mir. Aber erst gestern hab ich's zu Papier gebracht."

Er nahm ein Notenblatt auf und kritzelte einen Titel hin:

„Abendsonne über dem Schwarzbuckel."

Lächelnd sah er zu Anne auf und nahm den Stift wieder zur Hand.

„Für Anne", fügte er hinzu und reichte ihr den Bogen.

Sie nahm ihn und hielt ihn in der Hand.

„Lieber Jess ..."

„Fräulein Viken!" rief die Stimme der Hausdame aus der Halle. Und Anne machte, daß sie fortkam.

Die Haufen von Notenblättern in Jess' Zimmer schwollen immer mehr an. Anne sah es und dachte sich das ihre. Sie hatte so viel Zeit zum Nachdenken. Die Arbeit konnte sie zum großen Teil mechanisch machen. Beim Servieren allerdings mußte sie die Augen offen halten und die Gedanken zusammennehmen. Aber wenn sie die vielen Zimmer sauber machte, die zerwühlten Betten richtete, den verstreuten Puder von den Glasplatten der Toilettentische abwischte, benutzte Wassergläser aufwusch und Spiegel und Glasborde polierte – dann waren die Gedanken anderswo.

Jess sah sie nur wenig. Nur eben auf dem Abendspaziergang und zwischendurch einmal mitten am Tage, wenn sie es heimlich einrichten konnten. Aber sie hatten beide ihre Arbeit, und Anne machte die gleiche Erfahrung wie alle Hotelangestellten: den Begriff Privatleben gab es in der Saison nicht.

Als Anne eine Woche lang überlegt und gegrübelt hatte, faßte sie einen Entschluß. Und dann setzte sie sich zu später Nachtstunde hin und schrieb einen Brief:

„Lieber Onkel Herluf!

Jess weiß nicht, daß ich an Dich schreibe, und er soll es auch nicht erfahren. Ich muß von etwas sprechen, das mich im Grunde nichts angeht. Das heißt, gewissermaßen geht es mich doch etwas an, denn es betrifft Jess und seine Zukunft – und so betrifft es auch mich.

Onkel Herluf – weißt Du noch, als Jess die Musik für Lottis Kinderkomödie geschrieben hatte, versprach er Dir, keinen Ton mehr zu komponieren, bis er sein Abitur gemacht hätte? Das Versprechen hat er gehalten. Jetzt hat er das Abitur gemacht, und jetzt arbeitet er, arbeitet Tag und Nacht und macht lauter schöne Kompositionen, eine immer schöner als die andere. Sowie er die Möglichkeit hat, das Klavier privat zu benutzen, spielt er. Er steckt voller Musik, ganz eins mit der Musik ist er. Es ist sonnenklar, daß seine ganze Zukunft auf der Musik aufgebaut ist.

Er hat Dir versprochen, das Jahr in der Handelsschule durchzumachen. Und Du weißt, er hält, was er verspricht. Er würde Dich nie bitten, Du möchtest ihn von seinem Versprechen entbinden.

Aber *ich* bitte Dich darum, Onkel Herluf. Ich bitte Dich darum, weil ich Jess lieb habe, und weil ich weiß, er leidet unter dem Gedanken, die Schulbank drücken zu müssen statt den Klavierstuhl. Ich weiß, was Du sagen wirst: Der Junge braucht eine Ausbildung, auf die er zurückgreifen kann, wenn er sich als Künstler nicht durchsetzt. Aber, Onkel Herluf – er wird sich durchsetzen! Ich weiß es! Und noch etwas: Er muß etwas haben, worauf er sich stützen kann, das heißt, wovon er leben kann. Aber jetzt bekomme *ich* doch die Ausbildung. Sollte Jess es nicht schaffen, durch Konzerte oder Komponieren oder durch Dirigieren Geld genug zu verdienen, dann habe *ich* etwas, worauf wir zurückgreifen können! Jess und ich wollen heiraten, Jess und ich werden eins sein – und da ist es doch ganz einerlei, wer von uns diese segensreiche kaufmännische Ausbildung hat!

Lieber Onkel Herluf – sei nicht bös auf mich, daß ich dies so frei von der Leber weg geschrieben habe. Ach, wenn Du Jess' Zimmer sehen würdest, so wie ich es jeden Morgen sehe! (Ich mache es nämlich sauber, mußt Du wissen!) Er teilt es mit dem Geiger Jörgensen. Der arme Jörgensen hat kaum Platz für sein Rasierzeug vor lauter beschriebenen Notenblättern. Und du solltest sehen, welch müden gequälten Ausdruck Jess bekommt, wenn von der Handelsschule die Rede ist!

Jess würde mich bestimmt erwürgen, wenn er wüßte, daß ich Fürbitte für ihn geleistet habe. Darum darf er es auch nicht erfahren. Noch nicht. Irgendwann, in einem geeigneten Augenblick, werde ich es ihm selber erzählen.

Grüß Eva tausendmal. Ich schreibe auch bald an sie. Aber diesmal, das wirst Du verstehen, mußte ich an Dich schreiben.

Einen herzlichen Gruß von Deiner
Anne."

Nachdem sie diesen Brief abgeschickt, hatte sie die ganze Woche Herzklopfen. O, wenn Onkel Herluf es doch verstehen wollte – wenn er doch Jess von diesem Versprechen lösen würde – wenn er doch erlauben wollte, daß Jess sich kopfüber in die Musik stürzte, wenn er ihn aus Herzenslust spielen und komponieren lassen wollte – –

Onkel Herluf war selbst Künstler, auch er war durch und durch von der Musik beherrscht. Aber er war auch Vater, und er war ein nüchterner und vernünftiger Mensch, der die Verantwortung für seinen Sohn fühlte.

Wer würde den Sieg davontragen? Der verständnisvolle Künstler oder der verantwortungsvolle Vater?

Anne arbeitete in dieser Zeit wie wild. Frau Legard war sehr entzückt davon, wie schnell und gut die Arbeit erledigt wurde. Sie gratulierte sich im stillen selbst, daß sie Fräulein Viken hergeholt hatte.

Endlich bekam Anne Antwort.

Sie kam mit der Mittagspost, gleich nach dem Lunch. Gottlob, um diese Zeit konnte Anne sich etwas freimachen.

Sie schloß sich in ihr Zimmer ein und öffnete mit zitternden Fingern den Brief.

„Kleines Annemädchen – liebe kleine Schwiegertochter!

Ich danke Dir herzlich für Deinen lieben Brief. Er hat einen sehr wunden Punkt bei mir berührt. Glaub nicht, daß ich nicht selbst gesehen hätte, wie es Jess danach verlangt, sich ganz der Musik widmen zu dürfen und von der verdammten (Verzeihung!) Höheren Handelsschule loszukommen. Selbstverständlich verstehe ich ihn, o, wie gut verstehe ich ihn! Auf der andern Seite, Kindchen: Ich habe in meinem Umgangskreis so viele Künstlertragödien erlebt. Ich habe gesehen, wie optimistische junge Menschen die Musik als Beruf ergriffen haben, die Schauspielkunst, der Himmel mag wissen, was sonst noch alles – und gescheitert sind. Dann haben sie dagesessen, ohne die Möglichkeit, sich einen anständigen Lebensunterhalt zu verschaffen.

Aber, Anne, ich sehe ein, daß auch Du ein Wort mitzureden hast. Du hast recht, Jess' Zukunft ist auch die Deine. Und Deine Worte wiegen schwer. Ich habe nun eingehend mit Eva gesprochen – die selbstredend Deinen Brief gelesen hat, das war doch auch wohl so gedacht? – und wir sind uns einig geworden, einen Kompromiß vorzuschlagen:

Jess soll von dieser verhaßten Schule erlöst werden – zunächst einmal! Er darf gern weiter komponieren, aber der Junge soll wahrlich auch arbeiten! Er soll Fingerübungen und Etüden spielen, und wenn ich mit dem Rohrstock neben dem Flügel stehen soll! Nun, im Ernst, wir meinen: Dies Jahr soll ihm gewährt sein, damit er sich ganz und ungestört der Musik hingeben kann. Er soll sich in Ruhe auf sein erstes Konzert vorbereiten. Und er darf es auch geben. Wenn er im Laufe dieses Jahres beweist, daß er als Musiker etwas leistet, dann pfeifen wir auf die Schule. Wenn Jess aber die Sache nur halb macht, wenn er uns nicht davon überzeugt, daß die Musik ohne jeden Zweifel seine Zukunft ist, dann geht's marsch wieder auf die Schulbank zurück!

Bist Du damit zufrieden, Annemädchen?

Viel Vergnügen weiter mit Deinen Kurgästen. Du bist ein tüchtiges Mädel, kleine Anne. Wir sind stolz auf Dich!

Ich schreibe mit gleicher Post an den talentierten jungen Pianisten des Hotels. Du brauchst also keinen Gruß auszurichten.

Die innigsten Grüße von Eva und Deinem alten
Onkel Herluf."

## *Die Trennung droht*

„Nein, hört doch bloß – hört bloß!" sagte Frau Gregersen, die Gattin des bekannten Schiffsreeders. Sie hatte eben ihre Bridgekarten aufgenommen, vergaß aber ganz, sie sich anzusehen. Sie wandte den Kopf und lauschte.

Die übrigen Gäste taten desgleichen. Das Geplauder vor dem Kamin verstummte. Der Kaffee in den Tassen wurde kalt. Die Schläge vom Tischtennis im Gartensaal hörten auf. Zwei Schachspieler in der Fensternische vergaßen zu setzen.

„Nanu, was ist denn das?“ flüsterte ein älterer Herr und ließ die Zeitung sinken.

Alles hörte zu.

Denn vom Flügel strömten Töne herüber – nicht das übliche „Sonne auf dem Meer“ und „Kentucky Lullaby“ und wie die Stücke alle hießen. Nein, dies waren Konzertnummern, es war – ja, was war es doch gleich ... Ach ja, Chopins Revolutionsetüde! Ein Intermezzo von Brahms folgte. Dann kam wieder Chopin, und dann, als eine jubelnde, schillernde Fanfare, eine Konzertetüde von Liszt.

„Ich ahnte gar nicht, daß der junge Mann so spielen kann“, sagte Frau Gregersen. Die Karten lagen vergessen vor ihr auf dem Tisch. Sie klatschte, daß ihre Armringe klirrten.

Ja, alles klatschte. Jess mußte aufstehen und für den Beifall danken. Jung und ein wenig verlegen, glücklich lächelnd stand er da; die verschwitzte dunkle Haartolle fiel ihm in die Stirn.

An der Tür lehnte ein junges, blondhaariges Servierfräulein. Sie stand ganz still, und ihre Augen glänzten. Sie mußte eine große Musikfreundin sein, dies junge Mädchen.

Jess mußte heute spielen. Er mußte etwas Anständiges spielen, mußte seiner Freude Luft machen! Sich selbst und Anne und allen Menschen zeigen, was er konnte!

Jess war so überglücklich, daß er nicht wußte, auf welchem Bein er stehen sollte.

Als er den Brief vom Vater erhalten hatte, war er weggestürzt, um Anne zu suchen. Die Worte hatten sich überschlagen, als er die wunderbare Neuigkeit berichtete: Vater und Mutter waren zu dem Entschluß gekommen, daß er spielen sollte – nichts als spielen! Er durfte auf die ganze Höhere Handelsschule pfeifen!

Er hatte Anne nur eben ein paar kurze Minuten gesehen. Dann rief die Pflicht beide wieder. Aber heute abend wollten sie einen Spaziergang machen, und Jess sollte lang und breit von seinem Glück und seinen Zukunftsträumen sprechen. Anne wollte zuhören und seine grenzenlose Freude mit ihm teilen.

Aber zunächst einmal mußte er spielen. Er mußte! Was kümmerte es ihn, was die Gäste dachten; was kümmerte es ihn, daß er für leichte Unterhaltungsmusik angestellt war, als Begleitung für Plauderstunden und Bridge und Zeitunglesen! Heute mußte Jess ein Konzert geben.

Der Geiger freute sich, daß er inzwischen eine Ruhepause hatte. Jess' Konzert fand viel Anklang. So viel Anklang, daß der Direktor auf den Gedanken kam, ob er nicht einmal die Woche ein solches Konzert aufs Programm setzten sollte. Man könnte ja dem jungen Daell ein kleines Extra-Honorar dafür zahlen... Man könnte vielleicht Aushänge anbringen, vielleicht sogar unten an der Schiffsbrücke, daß im Hotel jeden Mittwoch ein Konzert stattfände... Das Hirn des Direktors arbeitete schon an den Einzelheiten des Unternehmens.

Es wurde spät, bis die Gäste aufbrachen. Einer nach dem andern trat auf Jess zu. Alle wollten ihm einen Dank und ein freundliches Wort sagen. Die jungen Mädchen ließen sich Zeit. Sie folgten dem jungen Pianisten mit sehr interessierten Augen. Eine von ihnen ließ durchblicken, daß

*Wer hatte je solches Konzert in Westenbergen gehört!*

man vielleicht einen Abendspaziergang machen könnte. Sie war ein erfahrenes kleines Ding und wußte, wie sie so von ungefähr eine harmlose kleine Bemerkung fallen lassen sollte, um ans Ziel zu kommen.

Aber in diesem Falle hatte sie kein Glück.

Denn der talentvolle und entzückende junge Pianist, um den sie sich wirklich bemüht hatte, er antwortete freundlich, aber ablehnend. Er wies die schicke junge Direktorstochter zurück, ging in den Park hinaus und küßte eines der Hausmädchen!

„Bitte, wollen Sie mir vielleicht mein Zimmer zeigen! Fräulein, kann ich einen Tee komplett heraufbekommen? Vielen Dank, bitte, vielen Dank für die Hilfe! Fräulein, seien Sie doch so gut und machen Sie das Zimmer so bald wie möglich in Ordnung! Würden Sie bitte ein Bad für mich zurechtmachen, Fräulein! Bitte, ein kleines Helles hier, danke! Bitte, ich möchte gern mehr Knäckebrot haben. Fräulein, bitte die Weinkarte! Fräulein, hier fehlt Sauce, lassen Sie doch bitte nachfüllen. Ziehen Sie mir mal zwei Selters auf, mein Täubchen ..."

Als Anne das erstemal „mein Täubchen" genannt wurde, erstarrte sie. Jetzt hatte sie sich daran gewöhnt. Es kamen und gingen so viele Arten von Gästen, daß auch immer welche darunter waren, für die ein junges Zimmermädchen „mein Täubchen" oder „Kleine" war. Anne ließ es zum einen Ohr herein – und zum andern wieder hinausgehen. Und die männlichen Gäste hatten immerhin so viel Erfahrung, daß sie sehr bald herausfühlten: mit diesem Zimmermädchen war ein Flirt nicht möglich. Die Gäste, die sie „mein Täubchen" nannten, waren im Grunde oft gutmütige Mannsleute, denen man sonst wirklich nichts nachsagen konnte. In der Regel waren sie freigebig mit Trinkgeldern.

Anne kam sich wie ein richtiger Geizhals vor, wenn sie abends den Ertrag des Tages sorgfältig durchzählte und ihre Münzen in den Kasten legte.

Bei ihrer vielseitigen Arbeit kamen natürlich auch Dinge vor, die nicht gerade angenehm waren. Es gab unduldsame Gäste, die viel Bedienung forderten. Es gab nörgelige Gäste, die Anne auszankten für Dinge, an denen sie wahrlich keine Schuld trug – wie zum Beispiel die Preise, die Menüs, die Ausstattung der Zimmer und was es sonst noch geben mochte. Es gab Gäste, die so lange in ihren Zimmern blieben, daß Anne vor dem Lunch nicht mehr Ordnung machen konnte. Es gab unsaubere Gäste, die das gebrauchte Waschwasser im Waschbecken stehen ließen, die überall Zigarettenasche hinstreuten, die Apfelsinenschalen und Kirschkerne auf die polierten Tischplatten legten. Und es gab unordentliche Gäste, die die Schuhe mitten im Zimmer stehen ließen und die Kleider über Betten und Stühlen und Tischen ausstreuten, so daß Anne hinter ihnen herräumen mußte, als wären sie kleine Kinder.

Aber alles wurde zur Gewohnheit. Und die Summe im Kästchen schwoll an.

Annes Gedanken beschäftigten sich mit dem Jahr, das ihrer harrte. Noch ein Jahr in dem engen kleinen Mädchenzimmer bei Oberlehrer Hagensens. Noch ein Jahr mit Stricken und vielleicht Servieren und Kinderhüten am Abend – und Schulaufgaben, Haufen von Schulaufgaben. Jetzt, da sie gewissermaßen die ganze Verantwortung auf ihre jungen Schultern genommen hatte, jetzt, da sie allein für die Reserve in ihrer und Jess' Zukunft sorgen mußte – jetzt empfand sie diese Verantwortung fast als Belastung.

Sie freute sich, daß der Sommer bald zu Ende ging. Freute sich darauf, mit der Arbeit anzufangen, zupacken zu dürfen, mit allen Kräften, die das Glück selbst ihr verliehen hatte.

Jess war wie ausgetauscht. Er trällerte und pfiff, er redete von der Zukunft, von Konzerten, vom Dirigieren, von der Operette, die er mit Lotti und Henrik zusammen machen wollte. Er strahlte vor Glück und Arbeitseifer.

Anne aber segnete den Tag, da sie sich ein Herz gefaßt und an Onkel Herluf geschrieben hatte.

Ach, es würde sicher alles gut gehen! Sie hatte ja Jess und seine Familie. Das waren die lichten Ausblicke im kommenden Jahr. Im Hause von Onkel Herluf und Eva war sie immer willkommen. Da gab es immer etwas zu essen. Da konnte sie sich immer Rat holen, wenn sie welchen nötig hatte. Sie wagte sich gar nicht auszumalen, wie leer ihr Dasein sein würde, wenn sie dies gesegnete Haus nicht hätte.

Aber sie wurde gezwungen, sich das auszumalen, ob sie wollte oder nicht. Sie mußte sich das sogar sehr lebhaft ausmalen!

In den meisten Zimmern auf Westenbergen gab es ein Radio. Und wenn Anne sauber machte, drehte sie es oftmals an.

Sie war gerade im Begriff, die Betten in einem Doppelzimmer frisch zu beziehen. Die Gäste waren mit dem ersten Dampfer morgens weggefahren, gegen Mittag wurden die neuen erwartet. Sie nutzte die frühen Morgenstunden aus, um diese Arbeit zu erledigen.

Das Radio war angedreht. Die Morgennachrichten wurden durchgegeben.

Zunächst das Übliche über Konferenzen und Verträge und Sitzungen der Großmächte. Dann kamen Nachrichten aus dem Inland ... Plötzlich zuckte Anne zusammen. Ihre eigene Stadt wurde genannt – ihre und Jess' Stadt!

„... wird gemeldet, daß das Theater gestern in später Abendstunde von einem Feuer verheert wurde. Im letzten Monat war dort eine Sommerrevue gespielt worden. Das Feuer scheint in den aufgestapelten Kulissen entstanden zu sein. Es brach lange nach der Vorstellung aus. Das Gebäude war leer. Als Passanten zufällig das Feuer bemerkten, hatten die Flammen sich im Innern des Baus schon stark ausgebreitet. Der Bühnenraum ist völlig zerstört. Durch ein bedauerliches Versehen war der eiserne Vorhang nicht heruntergelassen, so daß die Flammen auch im Zuschauerraum fürchterlich gewütet haben."

Anne hatte zu Boden fallen lassen, was sie in Händen hielt. Sie rannte durch die Korridore, die Treppe hinauf und klopfte bei Jess und Jörgensen an. Ein schlaftrunkens „Herein" erscholl von drinnen.

Ein strubbliger Kopf hob sich vom Kissen. Aus dem andern Bett war ein gleichmäßiges Schnarchen zu hören.

„Aber, Anne, das gehört sich doch nicht. Du kannst doch nicht junge Leute in ihrem Schlafzimmer überfallen! Wenn du dann wenigstens den Kaffee mitgebracht hättest, dann wollte ich nichts sagen ..." Jetzt machte Jess die Augen erst richtig auf und setzte sich mit einem Ruck im Bett hoch.

„Annemädchen, was ist los?"

Sie ließ sich auf dem Bettrand nieder und erzählte – mit gedämpfter Stimme, um Jörgensen nicht zu wecken. Sie war noch nicht sehr weit gekommen, da war Jess auch schon aus dem Bett gesprungen.

„Lauf runter und melde ein Gespräch nach Hause an, Anne. Ich bin in fünf Minuten da!"

Die Violine, dachte Anne, während sie in die Halle hinunterrannte. Onkel Herluf dirigierte ja das Orchester der Sommerrevue. Wenn er bloß die Violine nicht im Theater gelassen hatte!

Die Violine war ein Vermögen wert!

Das Gespräch kam schnell, denn es war noch früh am Tage. Ehe Jess sich auch nur notdürftig angezogen hatte, war Eva schon am Telefon:

„Onkel Herluf ist ins Theater gegangen, Annemädchen", berichtete sie, „nein, gottlob, die Geige ist bei uns zu Hause! Ja, wir wurden heute nacht geweckt – doch, uns geht es soweit gut, aber was nun werden soll, wissen wir nicht. Wir sind ja nun alle miteinander arbeitslos –", jetzt kam Jess und nahm den Hörer.

Viel war es nicht, was er von seiner Mutter erfuhr, aber sie versprach zu telegrafieren, sowie es etwas Neues zu berichten gäbe.

Das Telegramm kam zwei Tage darauf.

„Vom hiesigen Kontrakt entbunden, habe Engagement Kopenhagen bekommen. Brief unterwegs. Gruß Vater."

Zwei weitere aufregende Tage. Dann kam der Brief.

An diesem Abend saßen Jess und Anne verzagt auf einer Bank im Park. Anne lag das Herz zentnerschwer in der Brust.

Die dänischen Zeitungen hatten von dem Brande berichtet. Und Onkel Herluf war daraufhin umgehend ein Engagement angeboten worden als erster Konzertmeister in einem Kopenhagener Orchester.

Für Jess' Zukunft war es gut, daß er nach Kopenhagen kam. Dort konnte er sich von seinem lieben Professor, bei dem er früher schon Unterricht gehabt hatte, ausbilden lassen. Dort hatte er größere und bessere Möglichkeiten.

Anne versuchte sich selber einzureden, daß sie um Jess' willen froh sein müßte. Sie mußte froh sein, daß Onkel Herluf nicht arbeitslos wurde. Sie mußte froh sein, daß die kostbare Geige nicht mit in Rauch aufgegangen war.

Und dennoch. Sie vermochte die Tränen fast nicht zurückzuhalten. Das Herz war ihr schwer wie Blei.

## *Fremdes Leid*

„Weihnachten kommst du zu uns, Anne!“

Das war das letzte, was Anne hörte, als der Zug sich in Bewegung setzte. Eva und Jess riefen es wie aus einem Munde.

Anne meinte, daß ihr noch nie ein Weg so schwer gefallen sei wie der, den sie jetzt machte: Vom Bahnhof nach Haus, nach Haus in ihr Stübchen bei Oberlehrer Hagensens. Nach Haus zu einem mühseligen Alltag und schweren Pflichten, nach Haus in die fürchterliche Einsamkeit.

Sie schluckte die Tränen hinunter. Sie biß sich in die Lippen, während sie durch die vertrauten Straßen schritt.

Die letzte Zeit auf Westenbergen war schwer gewesen. Jess wurde von seinem Vertrag gelöst und brach eine Woche vor der abgemachten Zeit auf. Onkel Herluf hatte sofort nach Kopenhagen übersiedeln müssen. Jess wollte die Mutter nicht mit dem ganzen Umzug allein sitzen lassen.

Als Anne in die Stadt kam, fand sie alles im Aufbruch. Daells gemütliche Wohnung stand voll von Umzugskisten und Koffern, alles, was sie traulich und behaglich gemacht hatte, war weggeräumt.

Onkel Herluf war ein Tausendkünstler. Er hatte es zuwege gebracht, eine Wohnung in Kopenhagen aufzutreiben – allerdings entsetzlich teuer, seufzte Eva. Aber daß er es überhaupt fertig gebracht hatte, war schon ein Wunder. Denn die Wohnungsnot in Kopenhagen war fast ebenso groß wie in Norwegens Städten.

„Wir schicken dir Pakete“, tröstete Eva.

„Mit eingewecktem Apfelspeck“, fügte Jess hinzu.

Ja, Jess zog sie auf und machte Witze. Das war seine Art, über den Trennungsschmerz hinwegzukommen.

Denn ein Schmerz war es für sie beide. Am schlimmsten jedoch für Anne. Für Jess gab es so vieles, worauf er sich freuen konnte. Er durfte sich mit Leib und Seele in die Arbeit stürzen, die er liebte. Er hatte einen Halt an seinen Eltern, er konnte mit ihnen reden, sich bei ihnen Rat holen, alle Interessen mit ihnen teilen.

Anne aber hatte nur ihr winziges Mädchenstübchen, ihr Kästchen mit den zusammengesparten Trinkgeldern und ihre schwere Verantwortung.

Jess und die Seinen hatten sie in den beiden Jahren ihres Stadtlebens voll und ganz erfüllt. Sie hatte kein Bedürfnis danach gehabt, andere Freundschaften zu schließen. Darum war sie jetzt so furchtbar allein.

„Weihnachten kommst du zu uns, Anne!“

Diese Worte bedeuteten einen Trost für sie. Sie wiederholte sie sich immer wieder. Aber trotzdem konnte sie sich nicht so voll und ganz darüber freuen. Wer konnte denn wissen? Die Reise war teuer, und sie wollte kein Reisegeld von Onkel Herluf annehmen, selbst wenn er es ihr aufdrängte. Sie wußte nur zu gut, Onkel Herluf war kein Krösus. Der Umzug – eine kostspielige Wohnung – und dazu Jess’ furchtbar teure Unterrichtsstunden! Nein, auch Onkel Herluf mußte jeden Øre umdrehen.

Aber vielleicht – vielleicht ließ es sich ja trotzdem machen ...

Sie durfte die Hoffnung nicht aufgeben.

Anne hob den Kopf. Morgen sollte sie in der Handelsschule anfangen. Morgen sollte sie anfangen, für ihre und Jess' künftige Sicherheit zu arbeiten.

Und in dem Bewußtsein dieser ihrer Verantwortung ging sie ins Haus und die Treppen hinauf in ihr kleines enges Zimmer.

Dies Zimmer – ja, es war dennoch ein Lichtblick in ihrem Dasein. Frau Hagensen war wirklich nett gewesen, hatte sie herzlich willkommen geheißen – und das Stübchen war frisch hergerichtet worden. Man hatte es im Laufe des Sommers als Fremdenzimmer benutzt. Da war es Hagensens wohl klar geworden, daß es etwas zu spartanisch eingerichtet war. Jetzt hatten sie es neu tapezieren lassen und neue Möbel hineingestellt. Statt der altmodischen Kommode stand da ein kleiner Sekretär mit einer herunterklappbaren Schreibplatte. Das Bett war herausgenommen worden und statt dessen ein praktisches Wandbett hingekommen, das tagsüber so gut wie keinen Platz wegnahm. Draußen auf den Flur hatte man einen Kleiderschrank gestellt, wo Anne ihre Sachen aufhängen konnte. In der Zimmerecke, in der bisher die Kleider hinter einem Vorhang untergebracht waren, stand jetzt ein behaglicher Sessel. Der war das beste von allem. Einen guten Sessel hatte Anne heftig entbehrt, namentlich, wenn sie stundenlang zu stricken hatte.

Von Jess hatte sie ein höchst sonderbares Geschenk bekommen – ein altes Notengestell. Wenn sie das vor dem Sessel aufbaute und das aufgeschlagene Buch darauf stellte, dann konnte sie ganz bequem gleichzeitig lesen und stricken.

4 6641-12

So begann Anne ihren Alltag. Um sechs Uhr aufstehen und Fußböden wischen und das Geschirr vom Tage vorher aufwaschen. Kaffee trinken, das Schulbrot zurechtmachen, dann fort in die Schule.

Ein paar Jungens aus der Oberprima traf sie in der Höheren Handelsschule wieder und auch eines der Mädchen – die fröhliche kleine Britt mit den guten Sprachkenntnissen, den hübschen Kleidern und dem reichen Vater.

Sie war kaum eine Woche in die Handelsschule gegangen, da wußte sie: Das Gymnasium war gegen diese Schule hier ein Kinderspiel gewesen!

Sie verlor viel Schweiß über Warenkunde, französischen Geschäftsbriefen, Buchführung, und sie sah voll Schrekken, wie viele Stunden die Aufgaben täglich beanspruchten. Wie sollte sie noch Zeit erübrigen, nebenher Geld zu verdienen?

Die Freistelle in der Schule war ihr bewilligt worden; das war natürlich eine wunderbare Hilfe. Wenn aber ihr Trinkgeldkapital verbraucht war, wovon sollte sie dann leben? Sie *mußte* Geld verdienen!

Sie war in der Modellstrickerei gewesen und hatte einige Aufträge bekommen. Die Stricknadeln klirrten nun unverdrossen in Hagensens Mädchenzimmer, und vor Anne lagen auf dem alten Notenständer die französische Grammatik und die englische Geschäftskorrespondenz; Anne machte die Augen zu und hörte sich selber die wunderlichsten Vokabeln ab: Im Gymnasium hatte ihr kein Mensch gesagt, was Dörrfleisch, Klippfisch, Papierballen, Holzladung, Faktura, Reklamation und Zahlungsbedingungen auf Deutsch, Französisch und Englisch hießen!

Britt stöhnte auch nicht schlecht in der Schule:

„Uff Anne, kommst du damit zurecht? Ich hab ganz und gar den Mut verloren. Zu dumm auch, daß ich nicht lieber in die Schweiz gegangen bin. Vati hatte es mir freigestellt, ich sollte dort in Pension kommen."

Anne wandte Britt gegenüber alle ihre Überredungskunst an. Erstens meinte sie, man sollte durchführen, was man sich vorgenommen hatte, und zweitens fand sie es nett, daß Britt in ihrer Klasse war. Britt war gewissermaßen ein Halt für sie, und Anne bedurfte eines Halts.

Sie verstanden sich gut, die beiden jungen Mädchen, so ungleich sie auch waren.

Von Jess kamen Briefe, Briefe voller Freude, voller Berichte über Arbeit, Unterrichtsstunden, Konzertpläne.

„Ich hatte geglaubt, ich könnte ein bißchen Klavierspielen", schrieb Jess. „Jetzt, nachdem ich wieder bei meinem Professor angefangen habe, komme ich mir vor wie ein kleines Kind, das eben mit Mühe und Not ‚Summ summ summ, Bienchen summ herum' spielen gelernt hat. Aber trotz- und alledem scheint es, als glaubte der Professor, ich hätte Aussichten. Du weißt, Mutter hat es sich in den Kopf gesetzt, daß ich mein erstes Konzert geben soll, wenn ich einundzwanzig werde. Der Professor hat nicht widersprochen. Aber er peitscht mich vorwärts wie ein Sklaventreiber! Heute habe ich mir übrigens eine Stunde frei genommen, damit ich ein Paket für Dich auf die Post bringen kann. Wenn ein junger Mann seiner Liebsten ein Paket schickt, so müßte es eigentlich Juwelen und Orchideen enthalten, aber meine Vernunft sagt mir, Du hast dänische Wurst und dänischen Käse unbedingt nötiger. Die Büchse mit Ananas ist ein unvernünftiges Extrageschenk von Muttchen."

Jess' Briefe waren die Lichtblicke in Annes Dasein. Und diese Lichtblicke brauchte sie dringend.

Denn das Alleinsein war quälend. Daß man keine wirklichen Freunde hatte, daß man kein behagliches Haus kannte, in dem man verkehrte ...

Sie wünschte manchmal, Britt möchte sie zu sich nach Haus einladen. Aber davon war nie die Rede. Anne wunderte sich ein bißchen. Denn sie war doch mit Britt wirklich gut befreundet!

Dann kam ein Paket aus Möwenfjord. Mutter hatte sich wohl Sorgen gemacht, als sie sah, wie dünn Anne geworden war. Sie hatte nicht so richtig gewußt, *wie* mühselig es war, sich allein in der Stadt durchzuschlagen. In diesem Jahre sollte Anne mehr Hilfe von zu Hause haben.

Im Paket waren eingeweckte Frikadellen, Schafrollwurst und gedörrtes Schaffleisch, dazu Mutters schönes Fladenbrot. Und ein ordentlicher Klumpen frischgekirnte Butter.

Sie waren so gut zu ihr, und Anne war sehr dankbar.

Wenn sie nur nicht so einsam gewesen wäre!

Anne saß an ihrem Schreibtisch und büffelte Buchführung. Es war heute zu schwierig, sich darauf zu konzentrieren. Nicht der Gedanke an Jess, nicht die Sehnsucht nach ihm quälte sie im Augenblick. Nein, es war der Gedanke an Britt.

Britt war ganz schlecht in der Schule. Die Lehrer schüttelten den Kopf, denn Britt gab die gedankenlosesten Antworten oder gar keine.

Und Britt sah schlecht aus. Ihr munteres Lächeln war verschwunden, ihr Gesichtchen war schmal und blaß geworden.

Wenn Britt bloß nicht krank war ...

Anne hob den Kopf. Es hatte an der Wohnungstür geläutet, und ihr war, als habe jemand ihren Namen genannt.

Frau Hagensen kam herein.

„Da ist Besuch für Sie, Fräulein Viken."

Anne stand auf.

„Aber nein, bist du es, Britt? Ich saß gerade da und dachte an dich!"

Britt trat ins Zimmerchen. Sie schien gar nicht zu bemerken, wie klein und bescheiden Annes Bude war. Sie sah sich nicht um, sondern ließ sich nur in den Sessel fallen. Ihre Augen standen groß und brennend in dem blassen kleinen Gesicht.

„Was ist los, Britt? Kann ich ..." Da sagte Britt:

„Meine Eltern lassen sich scheiden."

Dann schlug sie die Hände vors Gesicht und brach in ein verzweifeltes, hemmungsloses Weinen aus.

Anne strich ihr über das Haar. Was sollte sie sagen? Sie wußte keinen Trost.

Brittchen – was nützt all das viele Geld, die feinen Kleider, das vornehme Haus und das Auto, wenn die Grundlage des Daseins ins Wanken kam?

Anne schämte sich. Da hatte sie im stillen die Britt ein klein wenig um ihr sorgloses Dasein beneidet! Nun stellte sich heraus, daß sie selbst, Anne, tausendmal glücklicher war, daß *sie* es war und nicht Britt, mit der das Schicksal gütig verfuhr!

Schließlich begann Britt zu erzählen, stoßweise und von Weinen unterbrochen:

„Mutti ist verreist – seit einer Woche schon – ich wußte nicht, daß es deswegen war. Vati hat es mir heute erzählt. Mutti will die Scheidung . . . ach Anne, ich konnte es nicht mehr zu Hause aushalten. Ich wußte nicht, zu wem ich gehen sollte, niemand anderes als dich. Ach Anne, wenn ich doch tot wäre!"

„Liebe Britt –". Anne strich ihr wieder übers Haar, fand aber keine Worte.

„Mutti kommt nicht mehr zurück, Anne! Ja, vielleicht kommt sie einmal wieder, aber sie wohnt dann nicht mehr bei uns. Und ich weiß nicht, bei wem ich bleiben soll. Ich weiß es nicht, denn ich hab sie doch beide lieb. Ich kann es mir gar nicht ausdenken, wie es ist, wenn ich Mutti vielleicht mal auf der Straße treffe und dann nicht mit ihr nach Hause gehen kann. Oder wenn ich bei Mutti wohnen soll und vielleicht Vati zufällig begegne. Anne, du ahnst gar nicht, wie schrecklich diese Vorstellung ist! Ach, weshalb tun sie das – weshalb tun sie es!!!"

Wieder schüttelte sie das Weinen. Sie schluchzte, daß der ganze zarte kleine Körper zuckte.

Es fehlte nicht viel, und Anne hätte mitgeweint. Sie glaubte, noch nie in ihrem Leben mit einem andern Menschen ein solches Mitleid gehabt zu haben.

„Britt, es – es tut mir so schrecklich leid. Ach Britt, gibt es irgend etwas auf der Welt, das ich für dich tun kann?"

„Niemand kann etwas für mich tun. Ich wünschte, ich könnte mich hinlegen und einen ganzen Monat hintereinander schlafen – bloß um nicht denken zu müssen. Ich höre in der Schule auf, Anne. Ich kann nicht mehr. Du weißt ja, wie ich in der letzten Woche gewesen bin. Ich kann mich auf nichts mehr konzentrieren. Ich hab solche Angst gehabt. Es war so sonderbar, daß Mutti plötzlich wegfuhr. Ich hatte solche Angst, ich dachte, sie wäre vielleicht krank und müßte operiert werden und wollte mir nichts davon sagen. Aber heute – heute erfuhr ich, daß – ach Mutti – Mutti ..."

Es wurde spät, ehe Britt ging. Es hatte ihr gut getan, sich auszusprechen und sich satt zu weinen.

„Darf ich dich wieder besuchen, Anne?" fragte sie, tief niedergeschlagen und mit müder Stimme.

„Das weißt du doch!"

Plötzlich schlang Britt ihre Arme um Annes Hals.

„Ich bin so froh, daß ich dich habe, Anne. Mit niemand anderem könnte ich so reden. Du sagst es auch niemand weiter, nicht wahr, Anne?"

„Nein, Britt. Nicht einer Menschenseele."

An diesem Abend fand Anne keinen Schlaf. Sie lag mit offenen Augen da und starrte in die Finsternis.

Was hatten schwere Arbeit und Geldsorgen zu bedeuten, was hatten Einsamkeit und Sehnsucht zu bedeuten? Alles wurde belanglos im Vergleich zu diesem.

Anne hatte ihr gutes Zuhause. Anne hatte Jess, der immer an sie dachte, der ihr schrieb, der ihr in jedem Brief sagte, daß er sie lieb hätte. Anne hatte feste Zukunftspläne, sie hatte ihre guten Fähigkeiten, sie hatte trotz allem einen sicheren Platz in der Welt.

Und sie hatte das Dasein schwer und schwierig gefunden?

O, schämen sollte sie sich!

Ihre Lippen formten im Dunkeln diese Worte:

„Lieber Gott! Ich danke dir für alle deine Güte gegen mich!"

## *Annes neuer Job*

Britt war aus der Handelsschule abgegangen. Aber es kam vor, daß sie schnell einmal zu Anne hinauflief. Ein paarmal durfte sie sonntags ihres Vaters Auto leihen. Dann nahm sie Anne mit auf eine Autofahrt. Britt hatte immer viel Geld, und wenn sie hinausfuhren, spendierte sie stets in irgendeinem Ausflugsrestaurant ein Mittagessen.

Sie war ruhiger geworden, aber um ihren Mund hatte sich ein bitterer Zug eingezeichnet.

„Willst du nicht verreisen, Britt?" fragte Anne.

„Nein. Mein Vater braucht mich. Es wäre doch wohl ein bißchen zu schlimm für ihn, wenn beide Frauen weg wären, Mutti und ich auch."

Sie versuchte, ihrem Vater den Hausstand zu führen, und Anne entnahm Britts Erzählungen, daß er dafür dankbar war. Zwar war die kleine Britt jung und unerfahren – aber sie hatte zwei erfahrene Hausangestellte zur Seite.

Eines Tages lud sie Anne zu sich nach Hause ein. Anne war früher schon einmal dort gewesen, zu einem Tanztee. Aber erst jetzt bekam sie den richtigen Eindruck von diesem reichen, schönen Haus mit den Gemälden, den kostbaren Möbeln, all dem gediegenen Luxus.

Und ihre Gedanken gingen zu der sonderbaren Frau, die ein solches Haus verlassen konnte und ihr einziges Kind dazu.

Britts Vater, der Schiffsreeder Sander, war ein stiller, wortkarger Mann. Er kam Anne stets freundlich entgegen. Sein Blick hing an der Tochter, und die Liebe leuchtete ihm aus den Augen.

Anne fühlte, sie war in Britts Haus gern gesehen. Sie konnte nur nicht oft hingehen, obwohl sie aufgefordert wurde. „Schauen Sie herein, wann Sie wollen", sagte Britts Vater. Aber die Arbeit ging vor.

Es konnte indessen vorkommen, daß sie ihr Strickzeug einpackte, wenn sie ihre Aufgaben hinter sich hatte, und mit der Straßenbahn zu Britt fuhr. Und während die Nadeln flogen und das Strickzeug wuchs, stand den beiden ungleichen Freundinnen der Mund nicht still. Anne zeigte die Bilder, die Jess in Möwenfjord aufgenommen hatte. Dann kam Britts Vater dazu und wollte sie sehen. Er forderte Anne auf, von ihrem Zuhause auf dem kleinen abgelegenen, schwer arbeitenden Westlandshof zu erzählen.

„Was macht denn Jess?" fragte Britt.

Anne erzählte.

„Feiner Junge", sagte Britt. „Werdet ihr heiraten?"

Eine heiße Röte stieg in Annes Wangen.

„Ich denke doch", sagte sie leise und neigte sich tiefer über ihr Strickzeug.

Britt schwieg eine Weile, bis es ihr plötzlich entfuhr: „Ich heirate nie. Ich wage es einfach nicht!"

„Aber liebste Britt, du mußt doch ...", begann Anne.

„Nein!" rief Britt. „Nie im Leben!"

Eines Tages erschien Britt im Pelz.

„Geschenk von meinem Vater", sagte sie. „Armer Vati, er hat ja niemand anderen als mich."

Britt bekam neue Kleider. Britt bekam unbegrenzt Taschengeld. Britt bekam neue Möbel für ihr Zimmer.

Eines Tages zeigte sie Anne eine neue Armbanduhr.

„Geschenk von Mutti. Sie hat Angst, ich könnte sie am Ende vergessen!" sagte Britt. Ihre Stimme klang bitter.

Dann war Anne wieder allein in ihrem Stübchen und büffelte mit ihren Schulaufgaben und hatte Geldsorgen. Aber trotz allen Mühen und Schwierigkeiten empfand sie eine demütige Dankbarkeit, daß ihr ein Schicksal wie das ihrer Freundin Britt erspart war.

Was aber ihr Trost und ihre Hoffnung gewesen war, das wurde immer unsicherer.

„Weihnachten kommst du zu uns, Anne!" – Diese Worte waren die Zauberformel gewesen, diese Worte hatten sie hochgehalten. Jeden Tag hatte sie einen Strich im Kalender gemacht; jetzt waren es noch sechzig Tage, bis sie fahren würde; noch fünfzig ... dreißig ...

Als es aber nur noch zwanzig waren, da machte Anne keine Striche mehr.

Sie hatte ihre Barschaft überschlagen, und es war ihr peinvoll klar geworden: Sie konnte sich die Reise nicht leisten. Damit würde sie sich völlig aller Mittel berauben. Im Gegenteil, sie mußte alles tun, um Weihnachten irgendeine Arbeit zu finden, um Geld zurückzulegen. Denn nach Weihnachten würde die Schule sicher noch schwerer werden, und sie würde noch weniger Zeit finden, etwas nebenher zu verdienen.

Es war nicht leicht, Jess diese Nachricht zu schreiben. Aber man bekommt in dieser Welt nichts umsonst, dachte Anne. Und dies – dies Jahr, das war ja der Preis, den sie zahlte, damit Jess seinen Wünschen und seinen Fähigkeiten nachgehen konnte. Vielleicht fühlten Jess und seine Eltern das nicht so. Aber für Anne war es klar wie die Sonne.

Und deshalb zahlte sie den Preis, ohne zu murren.

Anfang Dezember war ihre Kassette fast leer. Sie mußte eine Zahnarztrechnung bezahlen; sie mußte sich ein Heft mit Essenkupons in der Studentenkantine kaufen, und ob sie wollte oder nicht, sie mußte ein Paar neue Schuhe haben.

Sie hob ein Honorar in der Modellstrickerei ab. Dann schlenderte sie durch die Straßen und schaute sich die Schuhe in den Fenstern an. An der Ecke der Großen Straße war ein neues Geschäft eröffnet worden. Ihre Augen blieben an einem Paar anständigen, festen Schnürhalbschuhen haften. Uff, daß Schuhe auch so teuer sein mußten. Nun – jedenfalls konnte man ja mal fragen.

„Damenabteilung? Bitte, eine Treppe tiefer."

Anne ging die Treppe hinunter, ein dicker roter Läufer verschluckte jedes Geräusch.

Unten kam sie in elegant ausgestattete Kellerräume, die durch viele Lampen und grüne Pflanzen an den Wänden hell und hübsch wirkten. Hier standen Glasvitrinen mit Schuhen; hier gab es Stühle und Hocker aus Stahl und mit rotem Leder bezogen; hier bedienten adrette junge Verkäuferinnen, die alle die gleiche rote Schürze trugen. In einer Ecke des Ladens stand eine Tür zu einem Käfig aus Mattglas halb offen, in dem sie an einem Schreibtisch eine Dame sitzen sehen konnte.

Anne sank der Mut. Das Geschäft war viel zu fein; sicher waren die Preise auch entsprechend hoch. Nein, sie mußte doch wohl lieber anderswo versuchen . . .

Aber da stand auch schon eine freundliche Verkäuferin vor ihr und fragte nach ihren Wünschen.

„Ich wollte mir gern ein Paar braune Halbschuhe ansehen – ich habe ganz links im Fenster welche gesehen – dunkelbraun mit niedrigem Absatz . . .“ da wurde Anne plötzlich auf höchst unvorhergesehene Weise unterbrochen.

Aus dem Glaskäfig drüben in der Ecke kam etwas Kleines und Weißes und Strubbliges herbeigeschossen. Das Knäuel war auf Anne losgestürzt. Es richtete sich auf zwei kleine, rundliche Hinterläufe auf, und zwei kleine, eifrige Vorderpfoten kratzten und rissen an Annes Strümpfen und Mantelsaum.

„Aber – aber – *Pettie!*“

Sie hockte sich hin; der Hund leckte ihr das ganze Gesicht ab. Zwischendurch stieß er ein freudiges Gebell aus.

„Pettie!“ ertönte eine zurechtweisende Stimme aus dem Glaskasten. „Du weißt doch, du darfst nicht. . .“ Da trafen sich die Blicke von Anne und Petties Frauchen.

„Aber lieber Himmel – das ist doch – das ist doch – Fräulein Viken!“

„Können Sie sich meiner wirklich noch entsinnen, Fräulein Tvilde?“

„Und ob ich mich entsinne! Ich habe Sie in diesem Sommer auf Aurestua nicht schlecht vermißt. Aber wie finden Sie denn das, daß Pettie nach so langer Zeit Ihre Stimme wiedererkennt! Nach anderthalb Jahren! Ist er nicht intelligent? Aber nun sagen Sie mir doch, wie geht es Ihnen,

Fräulein Viken? Sie gingen doch damals in die Schule? Und jetzt? Haben Sie eine Anstellung?"

Anne erzählte, daß sie in die Höhere Handelsschule ginge. Fräulein Tvilde zog sie mit sich in den Glaskäfig. Pettie wollte auf den Schoß genommen werden. Hier rollte er sich glücklich zusammen, mit der Schnauze unter Annes Arm.

„Es ist wirklich zu nett, Sie wiederzusehen, Fräulein Viken. Ich werde nie vergessen, wie reizend Sie im vorigen Jahr mit Pettie gewesen sind!"

Anne lächelte.

„Und ich werde nie vergessen, wie reizend Sie gegen mich waren! Sehen Sie, ich trage noch immer die Schuhe, die Sie mir schenkten. Aber jetzt sind sie ziemlich vertragen!"

Fräulein Tvilde sah sie sich an.

„Keineswegs. Sie müssen nur neue Sohlen haben und ein wenig zurechtgemacht werden, dann können Sie sie noch lange tragen. Denken Sie, ich hatte ganz vergessen, daß Sie in dieser Stadt wohnen!"

„Und ich ahnte auch nicht, daß Sie hier leben!"

„Ich bin auch nicht lange hier gewesen", sagte Fräulein Tvilde. „Dies Geschäft ist ja neu, wie Sie wissen werden. Ja ja, dies ist die allerneueste Filiale, die die Fabrik eingerichtet hat. Ich bewarb mich um die Leitung und bekam den Posten, wie Sie sehen! Erzählen Sie nun ein bißchen von sich, Kind, wie es geht . . . Arbeiten Sie noch immer nebenher für Ihren Lebensunterhalt wie damals? Ich will nicht neugierig sein, aber Sie müssen wissen, ich habe so oft an Sie gedacht. Ich fand Sie damals so unglaublich tüchtig und energisch!"

Anne erzählte in wenigen Worten, wie sie sich ihr Leben eingerichtet hatte, wie sie sich mit Stricken und Kinderwarten durchschlug, und wie sie hoffte, Servierstellen zu bekommen, wenn die Saison ihrem Ende entgegenging – im Februar, März.

„Und Weihnachten?" fragte Fräulein Tvilde.

„Ja, eigentlich wollte ich nach Kopenhagen fahren, zu..."

„Ach, haben Sie in Kopenhagen Verwandte?"

„Mein – eh –", Anne zauderte, dann stürzte sie sich zum ersten Mal in das feierliche, merkwürdige Wort: „Mein Verlobter und seine Eltern wohnen dort."

Sie wurde glühend rot. Gleichzeitig aber durchflutete sie ein wunderbar reiches Gefühl, wunderbar stolz war sie, daß sie Jess ihren Verlobten nennen durfte, daß sie ein Recht dazu hatte...

„Sie sind verlobt? Ach, das ist aber nett! Hoffentlich haben Sie einen ordentlichen Mann erwischt!"

„Ja, das habe ich!" sagte Anne mit Überzeugung.

„Und nun wollen Sie ihn doch nicht besuchen?"

„Offen gestanden, es wird mir zu teuer. Ich hatte gerade vor, mich für die Weihnachtszeit nach einer Arbeit umzusehen. So was muß man doch finden können, glauben Sie nicht?"

„Eine Arbeit in der Vorweihnachtszeit?" Fräulein Tvilde sah Anne ein wenig unsicher an. „Wissen Sie, ich könnte Ihnen leicht hier bei uns Arbeit anbieten, aber..."

„Wirklich?" Annes Augen leuchteten auf.

„Ja, aber halt – ich weiß gar nicht, ob Sie die haben wollen. Denn besonders fein ist die Arbeit hier nicht, verstehen Sie!"

„Das macht doch nichts!"

„Was wir sehr nötig brauchen, ist schlecht und recht ein Aufräumemädchen, das auch Botengänge machen kann. Ich wollte deswegen gerade eine Anzeige einrücken. Es wäre vorläufig nur für nachmittags, die letzten Tage vor dem Fest am liebsten für den ganzen Tag. Und wahnsinnig gern hätte ich eine Hilfe bis nach Neujahr, weil dann die Inventur kommt."

„Diese Stelle möchte ich schrecklich gern haben, Fräulein Tvilde!"

„Und ich würde Sie natürlich ebenfalls gern nehmen. Aber ehrlich gesagt: Sie haben Abitur – sicher auch ein gutes Zeugnis, nicht wahr?"

Anne wurde wieder rot.

„Ach ja. Ich habe ganz gut abgeschnitten."

„Sie haben sicher am besten abgeschnitten, nach Ihrem Gesichtsausdruck zu urteilen. Nun ja, und Sie haben schon vier Monate Höhere Handelsschule hinter sich. Sie müssen mich verstehen; es ist mir peinlich, ein Laufmädchen anzunehmen, das eine bessere Ausbildung hat als die altgedienten Verkäuferinnen – ja, eigentlich auch eine bessere als ich selber. Verstehen Sie das nicht?"

Da lachte Anne.

„Himmel, wenn ich als Zimmermädchen und Servierfräulein im Hotel arbeiten kann, dann werde ich wohl auch noch Laufmädchen sein können. Und was die Ausbildung betrifft – was hilft es mir schon, daß ich den Unterschied zwischen Sinus und Cosinus kenne, aber nicht weiß, was Boxcalf und was Chevreaux ist? Da haben Ihre Verkäuferinnen viel vor mir voraus."

Und so kamen sie denn überein, daß Anne am 15. Dezember anfangen sollte. Jeden Nachmittag von fünfzehn bis neunzehn Uhr. Es würde anstrengend werden, denn die Aufgaben mußte sie abends machen. Aber dann kamen ja die Weihnachtsferien. Die letzten drei Tage vor Weihnachten sollte sie den ganzen Tag arbeiten, und nach Weihnachten, wenn die Geschäfte wieder zu normaler Zeit schlossen, von halb neun bis sechzehn Uhr mit einer halben Stunde Frühstückspause.

Anne pries sich glücklich. Besser konnte es gar nicht sein. Dann konnte sie die Nachmittage dazu verwenden, auf eigene Faust das Schulpensum weiter durchzunehmen. Sie konnte eine ganze Menge ohne Lehrer, nur mit Hilfe der Bücher, schaffen. Dann hatte sie nach Neujahr den andern gegenüber einen großen Vorsprung. Wenn sie nämlich später viele Servieraufträge und dergleichen bekam, dann konnte es mit den Aufgaben hapern. Dann war es großartig, wenn sie sich einen Wissensvorrat angelegt hatte, von dem sie zehren konnte.

Jetzt war nur noch die Lohnfrage zu regeln.

„Ja –", Fräulein Tvilde überlegte. Sie schaute Anne prüfend an. „Wissen Sie was? Sie müßten doch eigentlich hin und wieder auch beim Verkauf mithelfen können?"

„Ja, wenn Sie das Zutrauen zu mir haben? Denn vom Verkaufen verstehe ich ja nun wirklich nichts."

„Ich glaube ganz sicher, daß es geht. Sie sind doch wohl nicht dümmer als der Durchschnitt der Menschen. Hausschuhe müßten Sie zum Beispiel verkaufen können. Das ist verhältnismäßig einfach. Die Kassenscheine schreiben und die Bons drücken, das lernen Sie sicher auch schnell.

Also, dann führen wir Sie nicht als Laufmädchen, sondern als Extrahilfe im Geschäft – und bei Ihrer Ausbildung – da kann ich – da kann ich –" Fräulein Tvilde schlug in einem Buch nach, „ja, dann kann ich es durchaus vertreten, Ihnen drei Kronen die Stunde zu zahlen!"

Anne schnappte nach Luft.

„Drei – drei Kronen die Stunde? Aber Fräulein Tvilde – das sind ja zwölf Kronen für so einen lumpigen Nachmittag – und für den ganzen Tag ..."

„... sind es vierundzwanzig, ja, das stimmt."

„Aber – das ist ja ein Vermögen, Fräulein Tvilde!"

„Warten Sie, bis Sie Ihren ersten Tag hinter sich haben", sagte Fräulein Tvilde trocken. „Wenn Sie dann abends mit Ihren wunden Füßen im Wasser sitzen, dann werden Sie von selbst dahinter kommen, daß dieser Stundenlohn gerechtfertigt ist! Nun gut, Fräulein Viken, das wäre dann abgemacht? Am 15. Dezember um fünfzehn Uhr treten Sie Ihre Stellung hier an!"

„Sie können sich fest darauf verlassen! Oh, wie ich mich freue, Fräulein Tvilde!"

„Ich auch", sagte Fräulein Tvilde.

Erst als Anne zu Haus war, fiel ihr ein, daß sie eigentlich ausgezogen war, um Schuhe zu kaufen.

Nun ja, das hatte Zeit. Jetzt konnte sie warten, bis sie sich selbst bedienen konnte!

An diesem Abend saß Anne lange an ihrem Schreibsekretär. Daß sie Aufgaben zu machen hatte, war eine Sache für sich. Sie hatte sogar ganz verzwickte Aufgaben in doppelter Buchführung auf; aber die mochten warten, bis sie mit ihrer eigenen, privaten Buchführung fertig war. Sie studierte den Kalender, rechnete Sonntage und Feiertage in den Weihnachtsferien zusammen und zählte die übrigen Arbeitstage. Und dann rechnete sie die Anzahl der Stunden aus und multiplizierte mit drei. Das Ergebnis war, daß sie Weihnachten dreihundert Kronen verdienen würde.

Diese Feststellung erleichterte ihr das Herz in solchem Maße, daß sie einen munteren Brief an Jess zustande brachte — munter, obwohl er die traurige Kunde enthielt, daß sie Weihnachten nicht nach Kopenhagen kommen könne.

Es war schon spät, als Anne ihren Mantel anzog und den Brief zum Kasten trug. Und es wurde noch viel später, ehe sie mit den gepfefferten Aufgaben für kaufmännisches Rechnen, Betriebswirtschaft, Rechtslehre und Französisch fertig war.

## *Weihnachtspläne*

„Leider, Britt – ich kann auf keinen Fall!"

„Uff, Anne, du bist schrecklich! Mußt du denn immer über diesen albernen Büchern sitzen?"

„Das weißt du doch, Britt, es geht eben nicht anders. Und Dienstag fange ich mit meinem Weihnachtsjob an, weißt du! In Fräulein Tvildes Schuhladen!"

„Du bist eine erstaunliche Person, Anne. Ich bewundere dich. Aber als Freundin bist du unmöglich. Hör mal her — Heiligabend kommst du doch zu mir, nicht?"

„Furchtbar gern, das kannst du dir doch denken. Vielen Dank. Aber glaubst du, dein Vater . . ."

„Vati wird sich freuen, ganz bestimmt. Denkst du etwa, dies Weihnachten wird schön für uns, so ganz allein? Und Vati hat dich gern. Du mußt kommen, hast du gehört? Du bist nämlich der einzige Mensch, Anne, mit dem ich über all dies Unglück gesprochen habe. Und wenn ich Heiligabend ein bißchen flennen sollte, dann ist es nicht so gefährlich, wenn du das siehst. Kannst du das verstehen?"

Anne verstand es.

„Du mußt dann natürlich bei uns übernachten. Am zweiten Feiertag fahren wir in die Berge, aber den ersten über bleibst du bei uns."

„Du darfst mich nicht in Versuchung führen, Britt – ich muß am ersten Feiertag arbeiten, ich ..."

„Kannst du denn nicht dein Strickzeug mitbringen?"

„Aber das Stricken ist es nicht, ich muß Stenographie und Handelskorrespondenz machen und ..."

„Ach was, Handelskorrespondenz. Bring dein Strickzeug mit, dann können wir uns viel erzählen. Also Anne, du stopfst deine Zahnbürste in die Tasche und erscheinst pünktlich um achtzehn Uhr. O.K.?"

„Tausend Dank, Britt."

Anne lächelte, als sie den Hörer aufgelegt hatte – diese Einladung war telefonisch gekommen. Britt hatte sich etwas gefangen. Sie redete wieder ein bißchen in ihrem alten schnoddrigen Jargon. Wenn man ihr aber gegenübersaß und sie ansah, dann konnte man in ihren Augen einen neuen Ausdruck wahrnehmen, und der bittere Zug um den Mund war nicht gewichen.

Sie erwähnte ihre Mutter nur selten. Aber Anne konnte sich so viel zusammenreimen, daß ein Mann mit im Spiele war, ein Mann, den die Mutter heiraten wollte, sobald die Scheidung ausgesprochen war.

Und wieder befiel Anne diese demütige Dankbarkeit. Quer durch alle Mühen und Plagen und Geldnöte, quer durch die Sehnsucht und Müdigkeit hindurch wurde sie sich des Glücks bewußt, auf der Sonnenseite des Lebens zu stehen.

„Mein einziges Annemädchen!

Du bist ein Biest. Wenn ich Dich bei mir hätte, dann würde ich Dich grün und blau prügeln, so wie Du an jenem denkwürdigen Tage warst, als Du versuchtest, Dich auf Möwenfjord über den Steilhang zu stürzen, als Du klein warst, weißt Du?

Daß Du uns allen so mir nichts dir nichts eine solche Enttäuschung bereiten kannst! Monatelang haben wir täglich davon gesprochen: ‚Wenn Anne kommt –', Muttchen hebt ihre besten Konserven auf: ‚wenn Anne kommt'; Vater hat etwas von einem größeren Abend mit Theater und Souper hinterher geflüstert, ‚wenn Anne kommt'; und ich – ja ich, du lieber Himmel! Ich habe hier in aller Heimlichkeit gesessen und die Blätter im Kalender gezählt, ‚bis Anne kommt'.

Und dann kommt Anne nicht!

Im Ernst, Liebste: Natürlich verstehe ich Dich. Und – wie gewöhnlich – ich muß es respektieren. Du hast schon recht, wenn Du sagst, wir sind jung und haben die Zeit vor uns. Es steckt überhaupt viel prächtige Vernunft in allem, was Du mir auftischst. Kannst Du begreifen, daß ich mich in so was schlechthin Vollkommenes wie Dich verlieben konnte? – Also müssen wir alle unsere Hoffnung auf Ostern setzen. Dann *müssen* wir aber zusammen sein, und wenn Du mir als Nachnahmepaket per Post geschickt wirst. Ich sehne mich krank, Anne.

Und Du wirst die Weihnachtswochen damit zubringen, Schuhe zu verkaufen? Du bist wirklich ein tüchtiges Mädel. Ich bin stolz auf Dich.

Ich habe ein ganz schlechtes Gewissen, wenn ich mir vorstelle, wie Du Dich abrackerst – eine Arbeit immer schlimmer als die andere – während ich hier sozusagen bis an den Hals in Dingen stecke, die mich freuen und die ich am allerliebsten tue!

Aber Du kannst Dich drauf verlassen, ich arbeite auch! Ich habe gerade ein paar kleine Sachen komponiert, die Dir sicher gefallen werden. Ich habe ein paar drollige alte dänische Reime ausgegraben, die ich vertont habe. Und dann arbeite ich an einem kleinen Notturno, von dem ich glaube, daß es ganz gut wird.

Aber das beste von allem, Anne – das muß ich Dir noch schnell erzählen: Mein Lehrer sagte heute, er halte mich für reif genug, ein Konzert zu geben! Denk nur, was das bedeutet!

Über Weihnachten will ich mich ernstlich an Schumanns a-Moll-Konzert machen. Dann wird es wohl Ernst werden mit dem Debüt zum nächsten Geburtstag, wenn ich einundzwanzig werde.

Ich mag übrigens gar nicht an meinen letzten Geburtstag denken. Daß ich meine zwanzig Jahre nicht mit Dir zusammen gefeiert habe, war 'ne verflixte Kiste, wie unser Freund Jörgensen immer sagte. Als ich die Jacke überzog, die Du mir gestrickt hast, da hab ich mir eingebildet, sie sei naß von Deinen Tränen. Das war natürlich Unsinn, denn solche Tränen trocknen sicher beim Dämpfen, nicht wahr??

Aber daß sie mal drin gewesen sind, möchte ich wenigstens annehmen!

Nun ja, Anne, wir müssen ‚Kopf hoch' zueinander sagen. Es kommen auch mal andere Zeiten, da werden wir ständig beisammen sein, laß uns das nicht vergessen!

Trotz allem sind wir zwei Glückspilze, nicht? Ich bin nicht Naturkundler und weiß eigentlich gar nicht, was der Pilz mit dem Glück zu tun hat; weißt Du das?

Muttchen ist schon dabei, Dein Weihnachtspaket zu packen. Wenn sie fertig ist, sause ich damit zur Post. Ich glaube sicher, die Leute denken, ich habe was mit einem der Mädchen in der Paketannahme, weil ich dauernd bepackt dort hinrenne.

Muttchen taucht eben mit ihrem Kopf aus dem Haufen Holzwolle heraus und sagt, ich solle grüßen. Vater hält ein Mittagsschläfchen, und wenn mich mein musikalisches Gehör nicht sehr trügt, dann schnarcht er in folgendem Takt: Grüß An-ne – grüß – An-ne . . .

Ich hab Dich so lieb, Anne.

Dein Jess.

PS. Kennst Du die Operette ‚Meine Schwester und ich'? Nicht? Das hab ich ja immer gesagt, Deine Erziehung ist vernachlässigt worden. Nun also, gestern sah Vater mich streng an und fragte: Sag mal, Jess, seit wann verkauft Anne Schuhe? – Ich begriff kein Wort, denn ich hatte Vater noch gar nichts davon erzählt, daß Du diesen Weihnachtsjob angenommen hast. Ich fragte, was er meine. Ja, sagte Vater, jetzt hast du zwei Stunden lang unaufhörlich den Schlager gepfiffen:

Mein Mädel
Ist nur eine Verkäuferin
In einem Schuhgeschäft . . .

Einen Extrakuß zum Schluß
Dein Jess."

Anne faltete den Brief zusammen und verwahrte ihn sorgfältig in einem der kleinen Schubfächer im Sekretär, wo schon ein ansehnliches Bündel lag.

Dann begann sie, das Weihnachtspaket für Kopenhagen zu packen. Die Sportstrümpfe für Jess — die Jacken für Eva und Onkel Herluf – alles Dinge, die sie im Sommer gestrickt hatte, wenn sie im Hotel Abenddienst machte und die Gäste sie nicht gerade herumjagten.

Dann kam der Ziegenkäse – und das Glas mit den Berghimbeeren – und ein Stück geräucherter Lachs, den Magnus ihr geschickt hatte. Der Käse und die Himbeeren waren von Björg, der verheirateten Schwester. Anne war heilfroh, daß beides so früh gekommen war. Nun konnte sie es rechtzeitig nach Kopenhagen weiterschicken.

Als einen Extragruß an Jess hatte Mutter Kristina noch einen stattlichen Berg allerfeinsten Fladenbrots dazugepackt. Jess hatte auf Möwenfjord hauptsächlich von Fladenbrot gelebt. Es sei das beste, was er in seinem Leben gegessen hatte, behauptete er.

Anne schlug alle Sachen hübsch in Weihnachtspapier ein und legte sie mit behutsamen und liebevollen Händen in eine kräftige Pappschachtel.

Sie wußte, die Menschen, die das Paket auspackten, fühlten die Liebe heraus, mit der sie Stück für Stück hineingetan hatte.

Und nun war Anne an der Reihe, auf die Post zu gehen.

## *Annes stille Weihnacht*

„Dies Paket eilt, Fräulein Viken. Besorgen Sie das zuerst. Nein, keine Rechnung, nur Lieferschein. Dic Kundin will noch mit dem Abendzug weg, daher also –. Fräulein Viken räumen Sie bitte dort die Hausschuhe von der Anprobe fort – ach, Fräulein Viken, sehen Sie doch eben mal im Lager nach, ob wir Nr. 127 noch haben – braunes Boxcalf mit perforiertem Oberleder, Größe 6¹/₂. — Doch, gnädige Frau, natürlich können wir die Schuhe schicken — Fräulein Viken, vergessen Sie nicht, daß Sie diese zwei Paar Kinderschuhe morgen gleich als erstes zu Frau Kommerzienrat Frederiksen bringen. – Fräulein Viken, könnten Sie die Bedienung hier übernehmen? Gnädige Frau möchte gern Kamelhaarhausschuhe sehen . . ."

Die gnädige Frau, die die Kamelhaarschuhe sehen wollte, war eine biedere ältere Frau vom Lande. Sie sah ein wenig verzagt aus wegen des vornehmen Geschäfts, und weil man sie „gnädige Frau" betitelt hatte. Fräulein Tvilde huldigte dem Grundsatz, daß alle Kunden gleich höflich behandelt werden sollten, ob es nun Schiffsreederfrauen im Persianer waren oder abgerackerte Hausfrauen mit schwerem Einkaufsnetz und abgetragenen Mänteln oder so brave Landfrauen wie diese hier.

Dieser Grundsatz war es auch, um dessentwillen Anne Fräulein Tvilde so gern mochte.

Aber die Frau mit den Kamelhaarschuhen strahlte trotzdem auf und fühlte sich gleich geborgener, als sie von einem jungen Mädchen bedient wurde, das sofort Neunorwegisch mit ihr sprach und auf das Du der Frau einging, indem es ebenfalls Du zu ihr sagte.

Das entging Fräulein Tvilde nicht. Und später pflegte sie die Landleute immer von Anne bedienen zu lassen. Anne konnte gut mit ihnen umgehen. Sie wußte nur zu genau, welch ein Ereignis eine Stadtreise war; sie wußte, wie feierlich ihnen zumute war, wenn sie in ein feines Stadtgeschäft gehen und unter den Waren wählen durften, die hier hundertmal reichlicher zu haben waren als daheim beim Landkrämer.

Anne kannte die Gemütsart dieser Menschen genau. Sie wußte, mit wieviel Umsicht die Stadtfahrt vorbereitet wurde; sie wußte, welche Hoffnungen man daran knüpfte; und sie tat, was in ihrer Macht stand, damit die Leute nicht enttäuscht weggingen.

Es kam nur selten vor, daß Annes Landkunden aus dem Geschäft fortgingen, ohne etwas zu kaufen.

Aber jeder Fall brauchte Zeit. Sie waren langsam, und sie waren umständlich beim Wählen. Fräulein Tvilde verlor jedoch nie die Geduld. Sie wußte, wenn sie sich entschlossen, dann zahlten sie bar, nahmen die Waren selber mit und kamen nicht zurück, um zu tauschen oder sich zu beschweren.

Es kam vor, daß diese Kunden Anne über Dinge um Rat fragten, die nicht das geringste mit Schuhen zu tun

*Mit den Kunden vom Lande verstand Anne sich besonders gut*

hatten. „Du kannst uns vielleicht sagen, wo wir hingehen und einen Hut kaufen können, was? – Du bist doch sicher in der Stadt bekannt, könntest du uns nicht sagen, wo wir einen Happen essen können und nicht zu teuer?"

Dann erzählten sie auch treuherzig und ausführlich von Dingen daheim in ihrem Dorf. Anne antwortete verständnisvoll, während sie ihnen Schuhe überzog und wieder auszog ...

Denn es blieb natürlich nicht bei den Hausschuhen. Anne machte Augen und Ohren auf. Es dauerte nur wenige

Tage, da verkaufte sie schon ihr erstes Paar Schuhe. Sie merkte sich genau die Anordnung der Waren im Geschäft. Da gab es feste Straßenschuhe, nach Fabrikat und Größen geordnet, dort drüben waren die Gummischuhe, dann die leichteren Promenadenschuhe, und ganz hinten in der Ecke die Abteilung mit den eleganten Abendschuhen, die nur aus Absatz und Sohle bestanden und ein paar Riemen über Kreuz.

Fräulein Tvilde machte die gleiche Erfahrung wie seinerzeit Frau Aspedal: Sie brauchte Anne nur einmal etwas zu sagen, dann saß es.

In diesen letzten Tagen vor Weihnachten war im Geschäft ein ständiges Kommen und Gehen. Die Verkäuferinnen waren abgekämpft. Fräulein Tvilde selbst sah blaß und angegriffen aus. Anne taten die Beine weh. In der Regel machte sie in den ersten beiden Stunden ihres Dienstes Botengänge. In den beiden letzten half sie beim Bedienen. Viele Kunden hatten die gräßliche Angewohnheit, fünf Minuten vor Ladenschluß zu kommen.

Wenn sie dann sitzen blieben und endlos anpaßten, hielt es oftmals schwer, höflich und zuvorkommend zu bleiben. Anne war darauf erpicht, fortzukommen – zu Haus warteten ihre Aufgaben, die furchtbar schweren Schulaufgaben, die sie mindestens bis Mitternacht in Atem halten würden! Und für die sie einen klaren Kopf brauchte!

Ja, es war ein unmenschliches Geschufte! Aber es wurde besser, als sie Ferien bekam. Dann arbeitete sie allerdings den ganzen Tag, aber sie konnte jedenfalls zu Bett gehen, sobald sie nach Hause kam. Gewiß, es konnte geschehen, daß sie noch eine halbe Stunde strickte, ehe sie zur Ruhe

*Zwei Stunden lang täglich schleppte Anne Pakete zu Kunden*

ging. Denn die beiden Paar Fausthandschuhe mit eingestrickten Namen, „Edith Tvilde“ und „Britt Sander“, *mußten* zum Heiligabend fertig werden.

Das kleine gestrickte Deckchen mit „Pettie“ in der einen Ecke bekam sie an einem einzigen Abend fertig. Da brauchte sie nur rechts zu stricken, mit grobem Garn und dicken Nadeln; also das war keine anstrengende Sache!

Aber Fräulein Tvilde hatte nur zu recht gehabt. Anne wußte wirklich, daß sie allerlei fürs Geld getan hatte, wenn sie abends ein Kissen ans Fußende des Bettes legte, damit die Beine hochlagen. Denn sie waren wund und geschwollen von all dem Gerenne.

Sonst mochte sie die Arbeit gern. In den vier Tagen vor dem Fest, als sie ganztägig arbeitete, fühlte sie sich ausgezeichnet. Es machte ihr Spaß, im stillen ihre Studien zu machen.

Ein paarmal kamen auch Bekannte. Eines Tages erschien eine von den Lehrerinnen des Gymnasiums, der Anne ein Paar Stiefeletten verkaufte. Und am Vormittag des Heiligabends kam die Klassenkameradin Vibeke und erstand ein Paar Abendschuhe. Sie war höchst erstaunt, als Anne sie bediente.

„Ach Anne, Anne", sagte Vibeke, „mal bist du Hausgehilfin und mal Verkäuferin – das nächste Mal wirst du wohl erster weiblicher Orchesterdirigent des Landes sein!"

„O nein", lachte Anne. „Höchstens die Frau des Dirigenten", fügte sie leise hinzu und schob eine goldene Sandalette mit hohem Absatz auf Vibekes kleinen, nylonbestrumpften Fuß.

Bevor Anne am Heiligenabend zu Britt ging, hielt sie in ihrem Stübchen eine kleine Feierstunde für sich allein ab. Sie packte die Pakete aus Möwenfjord und Kopenhagen aus. Und ihre Augen standen voll Tränen. Alle waren sie so gut zu ihr. Sie hatte die Sachen vorher noch gar nicht gesehen. Britt hatte das Paket für sie vom Zoll geholt, denn Anne hatte ja nicht eine Minute am Tage Zeit gehabt. Britt hatte aber alles hübsch wieder eingepackt, ehe sie es Anne ablieferte. Da gab es tausend herrliche Dinge zum Essen, so viel, daß es ein Problem werden würde, wie sie sie aufbewahren sollte. Da war ein hübscher Trägerrock von Eva gekommen. („Ich hab ihn selbst genäht, Annemädchen, ich habe ja Deine Maße! Erzähl mir nun ums Himmels willen nicht, Du seiest dünner geworden, dann mußt Du jedenfalls tüchtig von meiner selbstgemachten Leberpastete essen!") – da war eine reizende kleine Handtasche von Onkel Herluf, und von Jess . . .

Anne hielt ein kleines Päckchen in den Händen und versuchte zu raten. Mit einemmal legte sie das Päckchen aus der Hand. Sie holte sich warmes Wasser und wusch sich; sie bürstete sich das Haar, bis es glänzte, und zog dann ihre Tracht an, befestigte die Filigranschließe auf der Brust, legte Schlüssel und Taschentuch in die neue Handtasche. Und so festlich geschmückt setzte sie sich hin und öffnete mit zitternden Händen Jess' kleines Päckchen. Das Herz schlug ihr bis in den Hals hinauf.

Sie wickelte das seidige Weihnachtspapier auf – ein kleines Kästchen kam zum Vorschein. Drinnen lag noch ein Kästchen – und als sie dies öffnete, schimmerte Anne etwas Blaues entgegen.

Auf weißem Sammet ruhte ein schmaler Goldreif mit einem leuchtend blauen Aquamarin.

Anne nahm ihn heraus, und ihre Finger bebten. Sie freute sich so grenzenlos – so unbeschreiblich, so ganz furchtbar freute sie sich.

Sie wollte den Ring auf den linken Ringfinger streifen. Dann besann sie sich und setzte ihn auf den rechten.

Und dann erst nahm sie den Brief aus der Schublade. Der Brief, der gestern gekommen war, aber auf dem Umschlag die Aufschrift trug „Heiligabend zu lesen".

Jetzt konnte sie ihn endlich aufbrechen. Hier saß sie allein, festlich gekleidet, mit Jess' Ring am Finger. Noch hatte sie eine halbe Stunde Zeit, bis sie gehen mußte. Eine kleine, andachtsvolle halbe Stunde, ihr selbst und Jess geweiht.

„Meine kleine Anne – nun ist es wieder Heiligabend, und in Gedanken sind wir beisammen in der Erinnerung an den Tag vor einem Jahr und vor zwei Jahren. Ich sende Dir ein kleines Geschenk, das ich von dem Honorar für mein Notturno gekauft habe. Es reichte nur für einen Aquamarin. Wenn ich aber meine erste Symphonie gemacht habe, Anne, dann bekommst Du einen Brillanten!

Liebste! Der Ring ist mit viel Sorgfalt ausgewählt, so bescheiden er auch ist. Blau ist Deine Farbe, Anne. Deine Augen sind so blau wie der Stein; und der Stein ist so blau wie der sommerliche Himmel, der sich über Möwenfjord wölbt! Blau wie das Meer, das wir durch die Kerbe in Deiner Mulde sahen.

Und der Ring. Anne – ist er nicht wie die Liebe selber? Der Ring ist das Symbol der Ewigkeit. Der Ring hat keinen Anfang und kein Ende. Und wenn ich darüber nachdenke, so kann ich nicht sagen, wann meine Liebe zu Dir begann. Sie ist immer dagewesen. Ich bin damit erschaffen – ich habe nur darauf gewartet, daß ich Dich träfe, damit ich sie Dir schenken konnte.

Kein Anfang, kein Ende, Anne. Denn die Liebe lebt, auch wenn die Menschen sterben. Die Liebe werden wir unsern Kindern als ein Vermächtnis hinterlassen, Du und ich. Sie wird uns überleben und wird auch sie überleben.

Es ist Heiligabend, und Du bist so weit fort. Ich streiche Dir über den Kopf, Annemädel – streichle Dein lichtes Haar. Ich fühle seine Weichheit unter meinen Fingern. Und dann neige ich mich näher zu Dir, Anne, und flüstere ganz, ganz leise in Dein Ohr – weil es Heiligabend ist und weil ich Sehnsucht habe und weil ich es einmal sagen *muß:* Ich liebe Dich! Jess".

Als Anne bei Britt zu Hause in der Tür zum Rauchzimmer stand, erhob sich Schiffsreeder Sander. Aber die freundlichen Begrüßungsworte, die er sagen wollte, blieben ihm in der Kehle stecken.

Von Anne ging ein Leuchten aus. Die Gestalt war so schmal und kerzengerade. Sie trug die schöne Tracht und die schwere Schließe mit freier Selbstverständlichkeit und Sicherheit. Ihr Haar schimmerte im Schein des Kronleuchters. Ihre Haut war jung und glatt; die Wangen hatten eine feine Röte.

Und die Augen – die Augen strahlten. Glück lag über der ganzen Anne.

Herr Sander ging auf sie zu und reichte ihr die Hand. Sie gab ihm die ihre – eine starke kleine Hand mit einem glänzenden blauen Stein.

Das verschlossene Gesicht des Mannes öffnete sich zu einem Lächeln. Ein neues Licht trat in seine Augen, so als entliehen sie ein wenig Helle von Annes blauem Augenpaar.

„Wie schön Sie sind, Anne", sagte Britts Vater.

## *Arme reiche Britt*

Es wäre ungerecht, zu behaupten, es hätte an diesem Heiligabend irgend etwas an den äußeren Dingen gefehlt, ihn festlich und stimmungsvoll zu machen. Der Christbaum war groß, wunderschön und mit Geschmack geputzt. Das Essen war hervorragend. Aus dem prachtvollen Radiogerät klangen die Weihnachtslieder in fehlerloser Wiedergabe durch Sanders schöne Zimmer.

Zur Bescherung kamen beide Hausangestellte herein. Sie erhielten ihre Geschenke – weihnachtlich liebevoll verpackt. Dazu jeder einen Briefumschlag, über dessen Inhalt beide vor Freude erröteten. Und auch Anne hatte allen Anlaß, sich zu freuen. Von Britt bekam sie einen schicken seidenen Pyjama, Herr Sander reichte ihr mit einem um Entschuldigung bittenden Lächeln einen Briefumschlag:

„Ich kenne ja Ihre Wünsche nicht, Anne, Sie dürfen es mir also nicht verargen, wenn ich Ihnen auf diese Weise ein kleines Weihnachtsgeschenk überreiche."

Es war ein Gutschein über fünfzig Kronen. Mit dem konnte sie in das Warenhaus der Stadt gehen, in dem es alles zu kaufen gab, von Parfüms und Seifenartikeln bis zu Trainingshosen.

Anne hatte das Päckchen mitgenommen, das Fräulein Tvilde ihr in die Hand gesteckt hatte, ehe sie sich nach Geschäftsschluß trennten. Es enthielt einen Briefumschlag mit fünfundzwanzig Kronen von der Firma – und ein

Paar Perlonstrümpfe „mit vielen herzlichen Grüßen von Pettie“.

Nie war Anne so reich bedacht worden wie an diesem Heiligabend.

Aber eine gab es, die wurde noch reicher beschenkt.

Als die Julklapp-Pakete unterm Christbaum verteilt waren, sah Britt ihren Vater fragend an. Er lachte leise in sich hinein.

„Du denkst sicher, ich habe dich vergessen, Brittchen, oder was denkst du?“

„Nicht, wenn ich dein Gesicht sehe“, lächelte Britt. „Du siehst so aus, als hättest du irgendwas im Hinterhalt für mich.“

„Das will ich wohl meinen. Du mußt aber mit mir kommen; dann wollen wir mal sehen, was wir finden können. Kommen Sie auch mit, Anne. Zieht euch aber eure Mäntel über, Kinder, es ist draußen kalt.“

„Hilf Himmel“, rief Britt, als sie die Ärmel in den Pelz steckte. „Müssen wir denn einen Ausflug machen?“

„Nicht weit. Also gehen wir.“

Herr Sander ging voraus. Durch die Haupteingangstür, durch den Garten um das Haus herum. Zum Kücheneingang im Hof.

„Bitte sehr, Britt. Wie du siehst, war es mit gewissen Schwierigkeiten verbunden, das Ding an den Weihnachtsbaum zu hängen!“

Britt stand mit offenem Munde und weitaufgerissenen Augen da. Denn dort, an der Hauswand, sah sie einen kleinen Wagen stehen. Einen schicken kleinen, blaulackierten Zweisitzer.

„Vati – ich glaube, du bist nicht ganz bei Trost!“

„Ich widerspreche dir durchaus nicht“, lächelte der Vater. Seine Augen waren auf die Tochter geheftet. Anne bemerkte seinen gespannten Ausdruck: Ob Britt sich wirklich von ganzer Seele freuen konnte, ob sie für einen Augenblick das quälende Gefühl vergessen konnte, das immer in ihrem Unterbewußtsein lauerte?

„Ach Vati – du bist der herrlichste –“ Britt hatte den Wagenschlag aufgemacht. Sie probierte an den Knöpfen und Hebeln des Schaltbretts herum, bis die Lampen aufstrahlten.

„Nein, so was Blitzsauberes! So bezaubernd . . . totschick, Vati —“ Sie ließ den Motor an. Er brummte gleichmäßig und zuverlässig.

„Halt, Britt, laß dir's ja nicht einfallen, jetzt etwa loszufahren!“

„Nein nein – nur ein paarmal ums Haus herum, Vati!“

„Aber paß gut auf, mein Mädel! Er hat vier Gänge, und du bist nur drei gewöhnt!“

„Pah, ich weiß doch mit vier Gängen umzugehen. Komm, Anne, den müssen wir ausprobieren!“

„Probiert ihr ruhig, Kinder, ich gehe inzwischen rein. Es wird zu kalt, hier noch länger zu stehen. Ich hätte mir auch einen Mantel anziehen sollen.“

Anne stieg ein, Britt fuhr vorsichtig im zweiten Gang um das Haus. Einmal, noch einmal, und noch einmal.

Anne sagte kein Wort. Sie hatte das deutliche Gefühl, daß es gerade jetzt angebracht wäre, wenn sie schwieg.

Dann brachte Britt den Wagen zum Stehen und stellte den Motor ab.

Einen Augenblick saß sie still da. Dann schluckte sie, noch einmal – und nun legte sie den Kopf auf die Hände, die noch das Lenkrad umspannt hielten, und ließ ihren Tränen freien Lauf. Es war ein herzzerreißendes Weinen, das nicht aufhören wollte.

„Na Kinder, seid ihr doch noch weiter weggefahren?" Herr Sander verstummte. Er sah das Gesicht seiner Tochter. Britt war zwar schnell nach oben in ihr Zimmer gelaufen und hatte sich die Augen gekühlt, aber trotzdem ...

Sie sagten beide kein Wort.

Er streckte die Arme nach der Tochter aus. Und Britt warf sich hinein. So blieben sie stehen, Vater und Tochter, hilflos, ratlos und stumm. Einer suchte beim anderen Halt.

Anne schlüpfte leise ins Rauchzimmer hinüber. Dort vor dem Kamin lag zum Glück Sanders prächtiger Hund, der Setter Don. Er wedelte sanft, als er merkte, daß er Gesellschaft bekam.

Anne setzte sich auf den Kaminteppich neben den Hund. Sie strich ihm unaufhörlich über das seidenweiche Fell, während sie ihren Gedanken nachhing.

Beim Abendessen war die Stimmung gemütlich. Das Essen schmeckte köstlich, und sie unterhielten sich lebhaft. Natürlich wurde immer wieder und eingehend über das neue Auto gesprochen. Als einmal eine kleine Pause entstand, fragte Herr Sander, wie man auf Möwenfjord Weihnachten feiere. Anne erzählte. Sie fühlte, wie erleichtert die beiden anderen waren, daß sie nicht nach Unterhaltungsstoff zu suchen brauchten.

„Im vorigen Jahr bist du Weihnachten sicher bei Jess gewesen?“ fragte Britt.

„Ja, und dies Jahr wäre ich ja bestimmt hingefahren, wenn ...“

„Du sollst sehen, nächstes Jahr klappt's sicher!“ meinte Britt.

„O, ich komme hoffentlich schon vorher mal nach Kopenhagen“, lächelte Anne.

„Darauf können Sie sich freuen“, sagte Herr Sander. „Kopenhagen ist herrlich. In welcher Gegend der Stadt wohnt übrigens Ihr Jess? Wie heißt er doch gleich mit Nachnamen? Daell? War's nicht so? Ach ja, er ist ja der Sohn vom Kapellmeister Daell!“

„Ja ja. Sie wohnen in Lyngby. Lundtoftevej heißt die Straße. Es ist, glaube ich, ziemlich weit draußen!“

„Ach nein, gar nicht einmal. Zwanzig Minuten mit der Vorortbahn, glaube ich. In Lyngby ist es hübsch, ich bin mehrmals dort gewesen.“

Der Hausherr unterbrach sich plötzlich und verschwand im Rauchzimmer. Anne und Britt blieben beim Nachtisch sitzen. Gleich darauf kam Herr Sander wieder zurück. Er lächelte leise vor sich.

„Entschuldigt, Mädelchen, ich hatte was vergessen. Reich mir bitte die Himbeerkreme, Britt! Du, dazu möchte ich eigentlich ein Glas Sherry trinken, was meinst du?“

Der Sherry kam auf den Tisch. Dann mußte Anne erzählen, wie sie das erstemal, als sie im Hotel arbeitete, solch fürchterlichen Bock geschossen hatte – als sie einem französischen Gast zum Fisch Sherry an Stelle von Weißwein brachte.

Die andern lachten. Anne erzählte andere kleine Erlebnisse aus ihrem Hotelleben. Sie war gerade mitten in einer Geschichte von einem Gast, der eine lebendige Schildkröte und einen Kanarienvogel im Käfig mitgebracht hatte, als das Telefon im Herrenzimmer klingelte.

Herr Sander stand auf und ging an den Apparat. Gleich darauf stand er wieder in der Tür.

„So, Anne! Jess ist am Telefon."

Als Anne an diesem Abend in Sanders Fremdenzimmer mit den weißen Rokokomöbeln und der seidenen Daunendecke schlafen ging, hatte sie fast ein schmerzendes Gefühl.

Wie konnten die Güter dieser Welt nur so ungleich verteilt sein?

Britt lebte in einem wunderbaren Haus. Britt besaß einen Pelz und ein Auto. Britt ahnte nicht, was Geldsorgen waren.

Anne mußte jeden Heller zählen und wie ein Pferd rakkern, um ihren Schulbesuch durchführen zu können. Anne mußte sich alles versagen, was für andere junge Mädchen eine Selbstverständlichkeit war.

Annes Vaterhaus lag in einem engen Westlandsfjord, ein Haus ohne Teppiche und Gemälde, ohne Bad und Kühlschrank – ja, sogar ohne elektrisches Licht.

Aber in diesem Hause war Mutter Kristina der sichere, selbstverständliche Mittelpunkt. Möwenfjord strömte Sicherheit aus. Dort herrschten Liebe und Vertrauen zwischen Mutter und Kindern, und die Geschwister waren untereinander gute Freunde.

Und Anne hatte Jess. An eben diesem Abend hatte Jess mit leiser Stimme ein paar kleine Worte ins Telefon gesprochen – ein paar kleine Worte, die noch in Annes Ohren sangen, ein paar kleine Worte, die nur ihr und Jess gehörten.

Anne legte den Kopf auf das Kissen. Glück erfüllte sie, es leuchtete in ihr, die Dankbarkeit breitete sich in ihr aus, so daß sie sich klein und demütig fühlte.

„Arme, arme kleine Britt. Armes Brittchen."

Wie habe ich diesen Reichtum nur verdient, dachte Anne.

Sie zog die Daunendecke bis zum Kinn hinauf und schloß die Augen.

Einen solchen Reichtum ...

## *Wohnungssorgen*

Es klopfte an Annes Tür zu Hause. Sie stand auf und öffnete.

„Äh – Fräulein Viken – ich muß – könnte ich Sie eben mal sprechen?"

„Bitte nehmen Sie Platz, Frau Hagensen."

„Ich weiß nicht, ob Sie – ich wollte Ihnen nur sagen, daß – Kurz Fräulein Viken: Sie haben vielleicht bemerkt, daß ich ein Kind erwarte?"

„Nein, das wußte ich nicht. Wie nett. Freuen Sie sich nicht?"

„Doch. Natürlich tue ich das. Aber – es ist nun so – ich muß sehen, daß ich eine Hilfe bekomme – ich – äh – ich habe ja diese unpraktische Wohnung und die Kinder und all das Drum und Dran – und da ist es nun so, daß ..."

Anne schwante etwas.

„Sie meinen, daß Sie jetzt diese Kammer brauchen werden, Frau Hagensen? Daß Sie eine feste Hausgehilfin annehmen müssen?"

Frau Hagensen schien erleichtert, daß sie es nicht selbst zu sagen brauchte.

„Ja, das ist es eben. Es tut mir selbst schrecklich leid, Fräulein Viken, aber ich weiß mir keinen andern Rat. Sie sind so nett und gut zu haben gewesen. Ich will Ihnen auch gern ein ausgezeichnetes Zeugnis geben, aber – aber – ja, Sie verstehen mich sicher?"

Anne schluckte etwas herunter.

„Ja, natürlich. Selbstverständlich sehe ich das ein. Wann müssen Sie das Zimmer haben, Frau Hagensen?"

Frau Hagensen biß sich auf die Lippen.

„Ja, das ist es gerade. Wissen Sie – äh – eine Bekannte von mir kann mir eine Hausgehilfin verschaffen, die schon am – ja, es eilt nämlich, also vom zehnten Januar an."

Anne wurde es schwarz vor Augen.

Der Grund und Boden ihrer Existenz schien ihr unter den Füßen weggerissen zu werden. Alles beruhte ja darauf, daß sie frei wohnte, freie Heizung und Morgenfrühstück hatte. Es war ohnehin schon schwierig genug, durchzukommen. Sollte sie jetzt auch noch anfangen, Miete zu zahlen, das *konnte* sie einfach gar nicht. Es kostete sie schon Mühe genug, das Geld fürs Mittagessen und die allernotwendigste Kleidung und sonstige Bedürfnisse zu verdienen. Die fünfundzwanzig Kronen, die Magnus ihr jeden Monat schickte, waren ein Tropfen auf den heißen Stein. Aber Anne hatte es sich verbeten, daß er mehr schickte. Sie wußte, wie nötig sie zu Hause Bargeld hatten.

„Es –", sie räusperte sich, „es kommt – ein wenig plötzlich, Frau Hagensen, das müssen Sie verstehen. Aber natürlich, selbstverständlich – ich werde ..."

Sie ahnte nicht, was sie tun sollte.

„Sie können ganz sicher zu den gleichen Bedingungen woanders ein Zimmer bekommen", tröstete Frau Hagensen sie. „Es ist so schwierig, Hilfe für den Hausstand zu bekommen. Geben Sie einfach nur eine Anzeige in der Abendzeitung auf, dann sollen Sie mal sehen ..."

Nur eine Anzeige aufgeben, ja ja! Eine Anzeige war aber teuer. Und Anne war drei Viertel des Tages bei Fräulein Tvilde beschäftigt. Abends arbeitete sie wie eine Besessene an dem Schulpensum. Wann sollte sie denn rumlaufen und mit eventuellen Arbeitgebern über Zimmer verhandeln? Und wer las jetzt mitten in der Weihnachtszeit Anzeigen oder kümmerte sich um „ein Zimmer gegen Hilfe im Haushalt"?

Aber auf der andern Seite: Sich irgendwo hineindrängen, wo man nicht erwünscht war? Nein, *das* tat Anne Viken nicht!

„Ja – vielleicht sind Sie dann so gut und geben mir ein Zeugnis, Frau Hagensen? Ich habe zwar keine besonderen Fähigkeiten bei Ihnen entwickelt. Aber Sie können mir sicherlich bescheinigen, daß ich ehrlich gewesen bin?"

„Das kann ich unbedingt!" sagte Frau Hagensen und stand auf, sichtlich erleichtert, daß es so glatt gegangen war. „Ich werde sofort das Zeugnis ausschreiben."

Eine Viertelstunde später brachte Frau Hagensen eine Bescheinigung an, in der sie in ihrer Freude und Erleichterung Anne als ein Zwischending zwischen George Washington und Schneewittchen beschrieben hatte.

Anne blieb sitzen, mit dem Papier in der Hand.

Zehnter Januar. Noch dreizehn Tage. In dreizehn Tagen mußte sie etwas gefunden haben, wo sie wohnen konnte. Oder sie mußte die Handelsschule an den Nagel hängen. Wenn sie nun aber nichts fand? Wer auf dieser Welt konnte ihr helfen? Britt? Ja sicher, Britt würde helfen. Aber Britt war verreist. Und außerdem, wenn es etwas gab, wovor Anne ein Grauen hatte, dann war es, irgend jemand gegenüber in eine Schuld zu geraten, und sei es auch nur eine Dankesschuld. Sie würde sich dadurch schwer belastet fühlen.

Fräulein Tvilde? Natürlich, Fräulein Tvilde würde sie nachts nicht auf der Straße herumlaufen lassen. Anne sah sich schon in Gedanken in einem Schlafsack auf dem Fußboden in Fräulein Tvildes Mansardenwohnung liegen.

Nein. Sie mußte etwas finden. Sie *mußte!*

Ihr saß ein dicker Kloß im Hals. Sie holte das Bündel mit Jess' Briefen hervor und versuchte sich in diese zu vertiefen. Jedes Wort darin war wie eine Liebkosung. Aber es war leider so, daß sie im Augenblick weniger eine Liebkosung brauchte als ein Dach über dem Kopf. Und wenn man keinen Ort zum Wohnen hat, hilft es wenig, wenn einem übers Haar gestrichen wird – auch wenn die streichelnde Hand noch so weich ist! –

In dieser Nacht wurde nicht viel aus dem Schlafen. Anne war müde und blaß, als sie morgens ins Geschäft kam.

Aber sie hatte sich doch schon einen kleinen Plan gemacht. Sie wollte bis zum dritten Januar warten. Wenn sie bis dahin nicht eine einzige Anzeige in der Zeitung gesehen hatte mit dem Text „Zimmer gegen Hilfe im Haushalt", dann wollte sie selbst eine einrücken. Aber diese Möglichkeit wollte sie erst noch abwarten, um, wenn es irgend ging, eine teure Anzeige mit zweifelhaftem Erfolg zu sparen.

Es machte jetzt nach Weihnachten wenig Spaß im Geschäft. Auf den Regalen und im Lager war viel zu räumen, und es kamen wenig Kunden. Von vieren wollten drei die Waren tauschen.

„So ist es immer nach Weihnachten", sagte Fräulein Tvilde. Sie war ganz gelassen und zu allen gleichmäßig liebenswürdig.

Anne tat ihre Arbeit wie stets, mußte sich aber gewaltig zusammennehmen, um sich zu konzentrieren. Die Gedanken wollten immer wieder zu der schrecklichen Vorstellung abirren, die ständig in ihr lauerte: Obdachlos zu werden!

Und das hatte auch Einfluß auf ihre Arbeit für die Schule. Wenn sie nachmittags und abends über ihrer Rechtslehre saß oder über der Sozialwirtschaft oder Warenkunde, ertappte sie sich oft genug dabei, daß sie keinen Schimmer von dem hatte, was sie las. Da hieß es sich dann zusammenreißen, von vorn anfangen und versuchen, sich den zähen Stoff anzueignen.

Jess schrieb sie nichts von ihren Sorgen. Es hatte ohnehin keinen Zweck. Warum sollte sie ihn damit plagen? Wenn sie eine neue Unterkunft gefunden hatte, wollte sie alles berichten, aber vorher nicht.

Am Altjahrsabend wurde sie von Fräulein Tvilde eingeladen, und darüber freute sie sich. Der Abend wurde friedlich und schön, und bei der Unterhaltung rutschte es Anne heraus, daß das Gespenst der Obdachlosigkeit über ihrem Kopfe schwebte.

„Aber mein gutes Kind", tröstete Fräulein Tvilde. „Sie können sich drauf verlassen, daß Sie gegen Hausarbeit leicht ein Zimmer finden. Denken Sie doch mal, wie viele Hausfrauen eine Hilfe brauchen!"

„Und denken Sie, wie wenig Familien ein Zimmer über haben", sagte Anne und lächelte trübe.

„Sie können sich jedenfalls auf mich beziehen, wenn Sie etwas in Aussicht haben", sagte Fräulein Tvilde. „Ich werde Ihnen ein Zeugnis ausstellen, das Ihnen ein Zimmer im Buckingham Palace verschaffen könnte!"

„Tausend Dank, aber ich fürchte, dann würde der Schulweg doch ein bißchen zu weit werden", lächelte Anne. Fräulein Tvilde lachte. Dann kam Pettie und wollte, daß man mit ihm schäkerte. Gleich darauf schlug die Uhr zwölf, und Anne und ihre Arbeitgeberin wünschten einander mit einem Glase selbstgemixten Likör ein gutes neues Jahr.

Bis jetzt hatte Anne nicht eine einzige Anzeige gelesen, die für sie in Betracht kam. Aber endlich, am zweiten Januar, fand sie etwas, das sie sich anstrich:

„Behagliches Zimmer an zuverlässiges junges Mädchen gegen zwei Stunden Hausarbeit täglich zu vergeben. Referenzen erforderlich. Anfragen an Frau Regierungsrat Langelie, Prinsensgate 28 zw. 18 und 19 Uhr."

Noch am selben Tag klingelte Anne bei Regierungsrat Langelie.

Frau Langelie war kurz und geschäftsmäßig. Zunächst fragte sie Anne gründlich aus. Was sie tue, ob sie Zeugnisse habe, warum sie dort, wo sie jetzt war, aufhören müsse. Anne antwortete ruhig und klar und legte die Zeugnisse von Frau Aspedal und Frau Hagensen vor.

„Und außerdem darf ich mich auf Fräulein Tvilde, die Filialleiterin im Schuhgeschäft Chic beziehen“, fügte Anne hinzu.

Frau Langelie schrieb es sich auf.

Dann wurde die Arbeit besprochen. Es war ungefähr wie bei Hagensens – die Fußböden saubermachen, Staub wischen und Geschirr vom vorhergehenden Tag aufwaschen, wenn welches da war. Ja, im allgemeinen sei nicht viel aufzuwaschen, fügte Frau Langelie hinzu – aber hin und wieder komme es natürlich vor —

Ja, gewiß, das sei recht so. Anne saß da und brannte auf eine Entscheidung.

Endlich wurde ihr auch das Zimmer gezeigt. Es war eine angenehme Überraschung; größer und heller als bei Hagensens, und sehr hübsch eingerichtet.

„Können Sie hin und wieder abends bei den Kindern bleiben?“ fragte Frau Langelie.

„Ja“, sagte Anne und fügte hinzu, daß sie bei Hagensens Morgenkaffee und Schulfrühstück bekommen habe. Dafür mußte sie sich verpflichten, drei Abende in der Woche dazubleiben und nach den Kindern zu sehen, wenn es nötig war.

Frau Langelie erhob sich.

„Gut. Sie hören wieder von mir“, sagte sie. Damit war die Audienz beendet.

Es folgten drei aufregende Tage. Warum in aller Welt läutete Frau Langelie nicht an? Sie mußte wohl erst mit all den andern Bewerberinnen reden, ehe sie ihre Wahl traf. Anne wurde immer zappliger; es war ihr fast unmöglich, die Gedanken um die Aufgaben zu sammeln.

Aber am dritten Tag gegen Mittag klingelte bei Fräulein Tvilde das Telefon. Sie zog die Tür des Glaskäfigs zu und führte ein langes Gespräch. Dann kam sie lächelnd in den Verkaufsraum heraus.

„Eine Frau Langelie möchte Sie sprechen, Fräulein Viken. Ich habe ihr eben erzählt, welch ein Engel und wie einzig dastehend Sie sind und was für'n Arbeitspferd und noch so allerlei, wenn *das* also nichts hilft –"

Es hatte augenscheinlich geholfen. Denn Frau Langelie teilte Anne mit, daß sie am achten bei ihr einziehen könne.

Anne fiel ein Stein vom Herzen.

An diesem Nachmittag schrieb sie einen langen Brief an Jess und lernte sechs Seiten Rechtslehre, und jedes einzige Wort blieb in ihrem Gedächtnis haften.

## *Diesmal war es ein Reinfall mit der Wohnung*

„Hören Sie mal zu, Fräulein Viken", sagte Fräulein Tvilde. Das Geschäft war gerade leer. So hatten sie Muße zu einem kleinen privaten Gespräch.

Anne hörte zu.

„Ich habe mir etwas ausgedacht", fuhr Fräulein Tvilde fort. „Sie wissen, wir haben freitags immer bis neunzehn Uhr auf, und am Freitagnachmittag ist es immer so furchtbar voll hier. Hätten Sie nicht Lust, freitags als Aushilfe hier weiterzuarbeiten? Keine Botengänge – jedenfalls nur ganz ausnahmsweise –, nur wegräumen und bedienen?"

Annes Gesicht strahlte auf.

„Und ob ich Lust dazu habe!"

„Schaffen Sie es mit den Schulaufgaben und allem übrigen?"

„Aber gewiß. Wenn ich es von vornherein weiß, kann ich mich leicht einrichten."

„Dann wäre das abgemacht. Mir tat es leid, daß Sie hier aufhören sollten. Sie sind unerhört gut zu brauchen gewesen, und ich kann von Glück sagen, daß ich Sie erwischt habe. Ich freue mich wirklich sehr, daß Sie jedenfalls freitags weiter kommen wollen."

Für Anne war es eine große Hilfe, daß sie wenigstens einmal in der Woche zwölf Kronen dazuverdienen konnte. Mit zwölf Kronen kam man weit, wenn man sparsam war. Und sparsam sein – auf *diese* Kunst verstand sich Anne gründlich!

Zunächst nahm sie einmal von Fräulein Tvilde und Pettie und den Verkäuferinnen Abschied, ging nach Haus und packte ihre Habseligkeiten.

Am nächsten Tag zog sie bei Langelies ein.

Sie hatte abends viel mit dem Auspacken und Einrichten zu tun und mußte auch noch lernen. So kam sie spät ins Bett und war keineswegs ausgeschlafen, als der Wecker klingelte.

Aber die Pflicht rief, man konnte sich nicht drücken. Es fehlte gerade noch, daß sie gleich zu Anfang einen schlechten Eindruck machte!

Anne schlüpfte in ihre Kleider und ging in die Küche. Hier blieb sie wie angewurzelt stehen und kniff die Augen zusammen.

Daß die Küche so aussehen würde, hatte sie sich allerdings nicht träumen lassen. Überall standen gebrauchte Schüsseln herum, Essensreste waren nicht weggestellt; in Tassen und Gläsern waren Getränkereste zurückgelassen; die benutzten Kochtöpfe waren nicht eingeweicht.

Da mußte sie sich ja höllisch sputen!

Sie ließ Wasser ein und fing an. Sie wusch ab, trocknete das Geschirr, nahm frisches Wasser, wusch weiter ab und sah mit bangem Blick auf die Uhr. Wie sie heute die Fußböden noch schaffen sollte, mochte der Himmel wissen.

Sie schaffte sie auch nicht. Denn die Uhr war acht, als der Aufwasch endlich fertig war und sie die Küchenbank abwischte. Frühstück hatte sie auch noch nicht gegessen.

Als sie sich gerade Brot abschneiden wollte, kam Frau Langelie.

„Haben Sie die Fußböden noch nicht gemacht, Fräulein Viken?"

„Guten Morgen, Frau Langelie", sagte Anne und wartete eine Sekunde, ehe sie fortfuhr: „Ich habe seit sechs Uhr aufgewaschen und bin eben erst fertig geworden."

„Brauchen Sie zwei Stunden für die Küche?"

„Wenn so viel Geschirr aufzuwaschen ist, ja", sagte Anne und zwang sich zur Ruhe.

„Na, so viel kann es doch nicht gewesen sein! Mein Sohn hatte gestern ein paar Freunde hier – ich war nicht zu Haus, und da – aber Himmel, so viel können die paar Jungens doch nicht gebraucht haben!"

„Es war sehr viel Geschirr, gnädige Frau", entgegnete Anne wieder, sagte aber nichts darüber, daß auch Schüsseln vom Mittag und sogar Platten vom zweiten Frühstück mit dabei gewesen waren.

Frau Langelie machte ein ärgerliches Gesicht.

„Dann müssen Sie die Fußböden eben heute nachmittag machen, aber ich wäre dankbar, wenn Sie Ihrerseits die Abmachungen innehielten und die Hausarbeit schon morgens fertig machen würden."

Anne lag eine scharfe Antwort auf der Zunge, aber sie schluckte sie herunter. Nach der Schule holte sie das Versäumte nach, scheuerte die Fußböden und wischte Staub.

Erst jetzt lernte sie die übrigen Familienmitglieder kennen – den Herrn des Hauses, der ein wortkarger und stubenblasser Beamter um die Fünfzig war, einen achtzehnjährigen Sohn mit Pickeln und schnoddriger Redeweise, und zwei kleinere Mädchen von neun und elf Jahren.

Anne fühlte sofort, daß sie mit dieser Familie nie warm werden würde.

Am nächsten Morgen stand sie eine halbe Stunde eher auf, und das war gut. Zwar war diesmal nicht so übermäßig viel Geschirr abzuwaschen, aber das Staubwischen brauchte seine Zeit und die Fußböden auch. Sie wurde indessen fertig, bis sie zur Schule aufbrach.

Sie war noch nicht lange bei den Langelies, als sie merkte, daß sie diesmal ausgemachtes Pech gehabt hatte.

Die ganze Familie war der Auffassung, daß ein junges Mädchen in diesen Zeiten der Wohnungsnot heilfroh sein müsse, ein Zimmer zu bekommen, und für eine mietefreie Wohnung wahrlich auch etwas tun müsse.

Daß Anne etwas dafür tat, das konnte niemand leugnen!

Wenn sie bei Hagensens die Kinder hütete, dann hatte sie immer in der Wohnstube gesessen, und die Tür zum Kinderzimmer hatte offengestanden. Dabei konnte Anne lernen und stricken. Hier aber hieß es dauernd:

„Sie bleiben heute abend wohl zu Hause und schauen nach den Mädels, Fräulein Viken. Dann können Sie die Zeit ausnutzen und diese Sachen hier bügeln — oder — ja, Fräulein Viken, wenn Sie doch hier sitzen, dann könnten Sie die Kinderstrümpfe stopfen."

Anne schäumte innerlich vor Wut. Dies alles war ganz gegen die Abmachung. Aber sie getraute sich nicht, etwas zu sagen. Am Ende wurde sie das Zimmer los — und stand eines Tages wieder auf der Straße.

Anne wurde blaß und mager. Jess' Briefe waren der einzige Trost in dem unerträglichen Alltag. Sie las sie wieder und wieder. Jess war von einer Zeitung interviewt worden. Jess sollte bei einem Konzert begleiten. Jess arbeitete an der Musik zu Lottis und Henriks Operette. Jess stand mit beiden Beinen mitten in der Arbeit, die er liebte.

Anne merkte zu ihrem eigenen Entsetzen, daß eine Bitterkeit in ihr aufkeimte. War es nicht leicht, Jess zu sein? Aber sie – sie rackerte sich ab, schlimmer denn je, und noch dazu ohne den leisesten Dank, ohne die kleinste Freundlichkeit. Das Gefühl, daß sie Jess' glückliches Dasein mit ihrer Mühsal bezahlte, wurde in ihrem Innern stark und sehr lebendig.

Aber sie hatte es selbst so gewollt. Sie hatte Onkel Herluf selbst überredet.

Und Anne rackerte weiter.

Die Freitage waren ein Lichtblick für sie. Es war immer wieder nett, in dem Schuhladen zu sein, und immer herrlich, die zwölf Kronen einzusäckeln.

Denn – das mochte der Himmel wissen – es war nicht einfach, etwas zu verdienen. Die Strickerei brachte auch gar nichts ein! Die Servierstellen ließen auf sich warten. Die einzige, die sie gehabt hatte, war bei Langelies. Aber dort hatte keiner Miene gemacht, sie dafür auch noch zu entlohnen. Es schien, als sollte sie das auch noch umsonst machen für dies einzigartige Zimmer!

Wieder ein Brief von Jess!

„Du sagst gar nichts über das Interview, Anne. Fandest Du das nicht enorm? Und war das Bild nicht gut getroffen?"

Interview? Bild? Anne hatte keins von beiden gesehen. Aber es war klar, daß Jess ihr die Zeitung geschickt hatte.

Am nächsten Morgen, als Anne Staub wischte, sah sie alle Zeitungen und Zeitschriften im Wohnzimmer durch. Und richtig: darunter lag eine zwei Wochen alte dänische Zeitung! Anne blätterte darin – und fand das Interview, sogar mit Rotstift angestrichen.

Anne tobte innerlich. Diesmal konnte sie den Mund nicht halten. Sie fragte Frau Langelie, was das zu bedeuten habe.

„Was denn? Welche Zeitung? Davon ahnte ich nichts. Gott im Himmel, lohnt es sich, wegen einer Zeitung Krach zu schlagen? Die können Sie doch an jedem Zeitungsstand kaufen!"

„Persönliche Post ist und bleibt persönliche Post", sagte Anne. „Diese Zeitung ist an mich geschickt worden, und ich fand sie auf Ihrem Zeitungstisch."

„Dann hat Thomas vielleicht reingeguckt oder eine von den Mädels“, sagte Frau Langelie. „Es ist doch wohl keine Todsünde, sich eine Zeitung anzugucken, wenn sie kommt. Wenn Sie danach gefragt hätten, dann wär's den Kindern wohl eingefallen, und sie hätten sie abgeliefert.“

Anne schrieb sofort an Jess, er solle die Post an das Schuhgeschäft Chic adressieren und immer donnerstags schreiben, damit der Brief am Freitag da wäre.

„Hier im Hause nehmen die Kinder gewöhnlich die Post entgegen, und ich bin immer bange, sie verkrümeln sie“, gab sie als Erklärung an.

Es war gut, daß Jess nicht wußte, wie es ihr ging.

Aber Anne fing insgeheim wieder an, die Anzeigen in den Zeitungen durchzusehen. Denn eines war ihr völlig klar: Sollte sie das schwere Examen im Sommer machen, dann mußte eine grundlegende Änderung geschaffen werden, und zwar bald.

## *Anne wird energisch*

Als erst eins passiert war, passierte gleich alles auf einmal.

Es begann an einem Freitagmorgen. Anne hatte Staub gewischt und die Fußböden gesäubert. Nun stand sie vor der Spülwanne, und die Uhr war bald acht.

Hinter ihr ging die Tür. Sie drehte den Kopf halb zur Seite. Es war der alberne Jüngling, der Thomas, der höchst ungeniert in Pyjamas angestiegen kam.

„'Morgen, Anne!“

„Guten Morgen.“ Anne unterbrach ihre Arbeit nicht.

„Du kannst mir die Hosen da bügeln, Anne.“

„Dazu habe ich keine Zeit. Ich muß in zehn Minuten in die Schule.“

„Jesses nee, du mit deiner Schule. Du kriegst auch nichts geschafft vor lauter Schule.“

Da wirbelte Anne jäh herum.

„Ich krieg nichts geschafft? Jetzt soll doch aber gleich . . .“

„Ach nee, ach nee, wie süß man ist, wenn man wütend ist, siehe da!“

„Hör auf mit dem Quatsch!“ sagte Anne kurz angebunden. Sie beugte sich wieder über die Wanne.

„Nimm's nicht tragisch, du brauchst auch meine Hosen nicht zu bügeln, ich sag's Mama nicht, daß du dich weigerst. Siehste, so nett bin ich! Du brauchst auch nichts anderes zu tun . . .“ Mit einemmal fühlte Anne Thomas' Atem an ihrem Halse; ein Arm legte sich um sie und drehte ihren Kopf herum. Ehe sie sich's versah, hatte Thomas sie geküßt.

Da platzte Anne. Und zwar gründlich.

Sie hatte gerade einen nassen Wischlappen in der Hand, und der kam ihr gelegen. Ehe Thomas noch Luft holen konnte, hatte sie ihm den Lappen mitten ins Gesicht geklatscht, und zwar mit aller Kraft.

„Du verdammtes Ferkel . . .“ Er fauchte vor Wut.

„Mach, daß du aus der Küche kommst“, schrie Anne und stampfte mit dem Fuße auf. „Mach, daß du rauskommst, du widerwärtiger Bengel!“

In diesem Augenblick erschien Frau Langelie in der Tür.

„Darf ich fragen, was Ihnen einfällt?"

„Fragen Sie lieber Ihren Sohn, was dem einfällt!" entgegnete Anne. Sie war so aufgebracht, daß sie kaum die Worte herausstoßen konnte.

„Thomas, mein Junge, was ist los? Wie siehst du denn aus?"

„Ach gar nichts", murmelte Thomas.

„Doch! Wohl ist etwas los", rief Anne. „Thomas ist angeschlichen gekommen und hat mich von hinten überfallen und mich geküßt, und dann hab ich ihm den Abwaschlappen ins Gesicht geklatscht!"

Frau Langelie biß sich auf die Lippen.

„Geh in dein Zimmer, Thomas", sagte sie, und Thomas schlurrte hinaus.

Frau Langelie drehte sich zu Anne um:

„Sie brauchen sich doch deswegen nicht so zu haben, Fräulein Viken", sagte sie in belehrendem Ton zu Anne. „Jugend ist Jugend, und in heutiger Zeit ist doch ein kleiner Kuß keine Sache ..."

„Darüber kann man sehr verschiedener Meinung sein", sagte Anne kurz angebunden.

„Und außerdem", fuhr Frau Langelie fort, „außerdem glaube ich nicht, daß mein Sohn so etwas tun würde, wenn er nicht dazu ermuntert wird. Er ist sonst sehr zurückhaltend. Ich weiß jedenfalls nichts davon, daß er je zuvor – das Mädchen geküßt hätte!"

„Das Mädchen" wurde in einem Tonfall gesagt, der das Wort zu einer Beleidigung machte.

Anne wischte die Küchenbank ab und hängte den Lappen auf.

„Man findet wirklich für alles eine Entschuldigung, wenn man will", sagte sie schneidend und verließ die Küche, ohne sich noch einmal umzublicken.

Sie war heilfroh, daß es Freitag war. Sie aß in aller Ruhe nach der Schule in der Milchbar einen Teller Grütze, dann ging sie zu ihrem Schuhladen.

Hier harrte ihrer viel Arbeit – und ein Brief von Jess.

Eine der Verkäuferinnen war krank; deshalb gab es im Geschäft besonders viel zu tun. Anne flog hin und her. Sie war jetzt eingearbeitet und daher von großem Nutzen.

Sie verkaufte ein Paar Kinderschuhe, paßte einer höchst unentschlossenen jungen Dame eine Unmenge Schuhe an, bis diese zuletzt mit der unbestimmten Bemerkung ging, sie wolle es sich überlegen. Dann kam eine Dame, die ein Paar Hausschuhe Nr. 7 verlangte. Es sollte etwas besonders Weiches und Gutes sein und am liebsten eine breite Form. Anne brachte Hausschuhe aus Leder, Filz und Kamelhaar.

„Wollen wir diese erst einmal anpassen, gnädige Frau?"

„Ach, wenn es so einfach wäre!" sagte die Kundin. „Sie sind nämlich nicht für mich, ich will sie für meine Schwiegermutter haben. Ich wollte gern mal fragen — ist Fräulein Tvilde nicht da?"

„Doch", Anne rief Fräulein Tvilde. Diese kam aus ihrem Glaskasten und begrüßte die Kundin lächelnd.

„Guten Tag, Frau Unndal. Kann ich Ihnen irgendwie behilflich sein?"

„Ja, ich stehe da und weiß im Grunde nicht, was ich tun soll. Hausschuhe für jemand anderes zu kaufen, ist eine undankbare Aufgabe."

„Ich will gern tun, was ich kann. Worum handelt es sich denn?"

„Ach wissen Sie, meine Schwiegermutter ist leidend, sie muß den ganzen Tag liegen. Und da kann sie nicht in die Stadt gehen und Schuhe anprobieren!"

„Aber liebe Frau Unndal, ich kann doch einige Paare zum Anpassen hinschicken!"

„Ja, darum wollte ich Sie eben bitten. Aber sie müßten doch eine ganze Menge zur Auswahl mitgeben. Meine Schwiegermutter ist herzkrank und hat geschwollene Füße. Es ist immer so schwierig, etwas Passendes zu finden. Und dann noch eins – ich weiß nicht, ob es möglich wäre, wenn eine Ihrer Verkäuferinnen mitginge und beim Anpassen helfen könnte. Ich meine nur, es hat kaum Zweck, einen kleinen Laufjungen zu schicken ..."

Fräulein Tvilde lächelte so ruhig und zuvorkommend wie immer.

„Das läßt sich alles machen, Frau Unndal."

„Das ist wirklich nett – und die Rechnung für die Schuhe, die meine Schwiegermutter nimmt, schicken Sie dann bitte an mich. Es soll nämlich ein Geburtstagsgeschenk von meinen Kindern sein, wissen Sie!"

„Ja gewiß, wird alles aufs beste erledigt. Die Nummer haben wir ja – sieben, nicht wahr? So breit wie möglich – und weich — ja, gewiß, wir schicken eine Auswahl hin. Sie können sich ganz auf uns verlassen."

Frau Unndal gab die Adresse an und sagte dann:

„Das junge Mädchen braucht nur einfach hineinzugehen. Die Wohnungstür steht den ganzen Tag offen!"

„Die Wohnungstür steht offen?"

„Ja, ja, meine Schwiegermutter kann nicht aufmachen, wenn es klingelt. Alle, die kommen, wissen Bescheid. Der Postbote und der Milchmann und der Bäcker – alle gehen einfach hinein, es kommt sogar vor, daß sie die Leute bittet, das Portemonnaie in der Schublade zu suchen. Meine Schwiegermutter ist so etwas wie ein Original, wissen Sie?" Frau Unndal lächelte vielsagend.

„Aha. Ja gut. Fräulein Viken, Sie können wohl gleich hingehen? Wir müssen nur etwas wirklich Gutes und Bequemes für die kranke alte Dame finden."

Unter dem Messingschild mit den verschnörkelten gotischen Buchstaben stand M. Unndal und darunter war eine kleine weiße Karte mit gewöhnlichen Blockbuchstaben angebracht:

„DIE TÜR IST OFFEN"

Anne ging kurzerhand hinein. Sie kam in einen kleinen Flur, in dem Licht brannte. Geradeaus war eine Tür mit einer Milchglasscheibe, die vermutlich in die Küche führte. Linkerhand war auch eine Tür mit Milchglas – vielleicht die Badestube? Dann eine kleine, schmale Kammertür und rechts zwei normale Türen. Sie ging aufs Geratewohl zur ersten und klopfte an.

„Herein!"

Das Zimmer war höchst originell eingerichtet und außerordentlich anheimelnd. Die schweren antiken Möbel waren wohl einmal für einen sehr viel größeren Raum gedacht. Aber der Eindruck des Schweren wurde durch kleine, überraschend moderne Dinge aufgehoben, durch eine Menge Blumen und Pflanzen und bunte Töpfe. Anne mochte das Zimmer sofort gern, und als ihr ein Gesicht unter wogendem weißem Haar aus der hintersten Ecke des Zimmers freundlich entgegenlächelte, ja, da mochte sie dies Lächeln auch gleich gern. Unwillkürlich lächelte sie zurück.

„Hallo, kleines Fräulein, Sie sehen mir so aus, als kämen Sie von dem Schuhgeschäft."

„Ja, das stimmt, Frau Unndal. Soll ich auspacken, daß Sie anprobieren können?"

„Ja, danke, machen Sie doch bitte diese Lampe da an – nein, Sie brauchen nur an der kleinen Schnur zu ziehen, ja so –" Anne zündete die Lampe an und stellte bei der Gelegenheit fest, daß sie handgeschnitzt war, aus dunklem, schwerem Holz.

„So, packen Sie alles auf dem Tisch aus, bitte. Haben Sie wohl je mit einer so fürchterlichen Kundin zu tun gehabt, wie ich es bin, die längelang auf der Couch liegt und sich bedienen läßt?"

Anne lachte leise auf.

„Wenn unsere Kundinnen alle längelang auf der Couch lägen, dann könnte die Unruhe nie zu schlimm werden", sagte sie. „Dies sind ein Paar Kamelhaarschuhe, gnädige Frau, soll ich sie Ihnen überziehen?"

„Das werden Sie wohl müssen", seufzte Frau Unndal. „Und es ist ja nicht zu vermeiden, daß Sie meine schönen Beine zu sehen kriegen. Jeder Elefant mit Achtung vor sich selbst müßte mich drum beneiden, nicht wahr?"

Anne war auf viel gefaßt, aber sie erschrak doch, als sie die furchtbar geschwollenen Beine sah. Ach ja, Frau Unndal mußte wirklich schwer herzkrank sein!

„Ich habe ein angenehmes Gefühl in diesen, aber ich muß ja versuchen, ob ich drin laufen kann. Warten Sie, ich muß mich eben mal aufsetzen –", sie richtete sich hoch, blieb auf dem Rande der Couch sitzen, dann stand sie auf, während sie sich schwer auf den Tisch aufstützte.

Mit leichten, zarten Händen zog Anne Hausschuhe an und Hausschuhe aus. Frau Unndal wurde eifrig, stand auf und setzte sich wieder – bis plötzlich eine heiße dunkle Röte über ihr Gesicht lief und sie auf die Couch zurückfiel. „... kann nicht – mehr –" flüsterte sie. „Mein Herz ..."

Anne hob ihre Beine hoch und deckte sie mit einer Decke zu. Sie stand einen Augenblick ratlos da. Dann lief sie in die Küche und holte ein Glas Wasser.

„Medizin – braune Flasche – dort – in dem Sekretär – zehn Tropfen – auf einen Löffel Wasser –" so kam es stoßweise aus Frau Unndals Munde.

Anne fand die Flasche und zählte gewissenhaft die Tropfen. Dann stützte sie Frau Unndals Kopf mit dem Arm und flößte ihr die Medizin ein.

Die alte Dame legte sich wieder zurück. Der Atem ging wie ein Blasebalg. Anne tastete vorsichtig ihren Körper ab, ob sie irgendein Kleidungsstück anhatte, das sie drückte oder einschnürte. Anne lockerte den Gürtel, sonst schien alles lose und bequem zu sitzen.

Sie rieb Frau Unndals Hände. Aber dann wußte sie nicht mehr, was sie noch tun könnte.

Nach ein paar Minuten war der Anfall vorüber. Die dunkelroten Flecken auf dem Gesicht verschwanden, der Atem ging gleichmäßiger. Frau Unndal lag jetzt still mit geschlossenen Augen.

Anne dachte, sie schlafe. Aber mit einemmal hörte sie sie deutlich flüstern:

„Können Sie begreifen – daß der liebe Gott – so 'ne alte Trine – wie mich – immer noch weiter – am Leben läßt?"

Da drückte Anne die Hand, die reglos auf der Decke ruhte.

„Ja, *das* kann ich, Frau Unndal! Ich kann verstehen, daß der liebe Gott gar nicht das Herz hat, solch einen heiteren Menschen, wie Sie es zu sein scheinen, das Leben wegzunehmen!"

Der weißhaarige Kopf drehte sich müde auf dem Kissen herum, ein Paar graubraune Augen blinzelten Anne an – ein Paar Augen, die sich nicht unterkriegen ließen, ein Paar Augen, die – in einem todesmatten Gesicht – lebendig und kerngesund aufstrahlten:

„So so, der Meinung sind Sie also, Kleines . . ."

Dann war es wieder still. Da flüsterte Frau Unndal wieder:

„Ich hab vielleicht einen Dusel. Denken Sie bloß, daß das ausgerechnet kommen mußte, als Sie hier waren. Sie sind ein liebes und gefälliges kleines Ding."

„Es wäre sicher gar nicht gekommen, wenn ich Sie nicht mit dem Anpassen überanstrengt hätte", meinte Anne.

Wieder Stille. Bald war Frau Unndals Gesichtsfarbe wieder ganz normal. Als sie die Augen wieder aufmachte, sah sie aus, als sei gar nichts gewesen.

„Für diesmal wär's ja denn vorüber. Ich – ich behalte die Kamelhaarschuhe, kleines Fräulein. Wenn Sie dann so gut wären und die andern mit zurücknähmen. Und meinen herzlichsten Dank, daß Sie so nett gegen mich waren!"

Sie drückte Annes Hand ganz fest.

„Aber Frau Unndal – entschuldigen Sie, wenn ich frage – kommt jetzt jemand her und hilft Ihnen? Sie müssen sich doch ausziehen und richtig zu Bett gehen!"

„Das kann ich allein, wenn ich mich nur erst mal ein bißchen verschnaufen kann."

„Nein, das können Sie *nicht* allein", sagte Anne entschieden. Und blitzartig stellte sie sich ihre Mutter vor, wenn sie so krank wäre, und ein junges Mädchen ließe sie einfach so liegen – ja, es wäre ganz unverzeihlich.

„Unfug", sagte Frau Unndal, und plötzlich klang die Stimme fast eigensinnig. „Ich bin es gewohnt, allein zurechtzukommen. Jetzt machen Sie, daß Sie wegkommen!"

Aber auch Anne konnte halsstarrig sein, wenn es nötig war – und wenn sie etwas durchsetzen wollte, das sie für richtig hielt.

„Sie müssen schon entschuldigen", sagte sie, und ihre Stimme klang fest. „Aber ich rühre mich nicht von der Stelle, ehe Sie nicht ausgezogen und für die Nacht gebettet sind."

„Da soll doch gleich – so was von einem Laufmädchen." Frau Unndal heftete ihre Augen auf sie, aber es stand keineswegs Entrüstung darin. Es sah eher so aus, als ob sie Annes entschiedenen Ton irgendwie leiden mochte.

„Ich bin kein Laufmädchen, sondern Verkäuferin", lachte Anne. „Darf ich mal eben telefonieren? Tausend Dank!"

Anne klingelte Fräulein Tvilde an, erzählte, daß die alte Dame einen Herzanfall gehabt habe, und daß sie, Anne, vor Geschäftsschluß nicht mehr zurück sein könne, sondern noch ein wenig bei Frau Unndal bleiben werde.

„Wie gut, daß Sie grad da waren“, war Fräulein Tvildes Kommentar. „Nein, natürlich dürfen Sie die alte Dame nicht allein lassen.“

So setzte Anne ihren Willen durch. Und Frau Unndal mußte klein beigeben. Sie sagte Anne Bescheid, wo der Morgenrock hing, und wie die Couch mit ein paar Handgriffen in ein Bett verwandelt wurde. „Früher schlief ich in dem andern Zimmer“, erklärte sie, „aber von da ist es für mich zu weit bis zum Badezimmer, und darum lieg ich jetzt Tag und Nacht hier in dieser Ecke.“

Anne stützte sie, als sie ins Bad gehen wollte. Sie weigerte sich entschieden, sich Waschbecken und Toilettesachen bringen zu lassen. „Wenn ich nicht ins Bad gehen und mich anständig zurechtmachen kann, dann büße ich den letzten Rest von Selbstachtung ein“, sagte sie, und die Stimme war ebenso lebhaft wie ihre Augen.

Anne machte das Bett und lüftete das Zimmer, während Frau Unndal im Bad war. Und sie fragte sich im geheimen, wie es möglich war, daß diese leidende alte Dame so ganz allein leben konnte, so hilfsbedürftig, wie sie war.

„So, mein Kind“, sagte Frau Unndal, als sie unter Ächzen und Stöhnen ins Bett gekommen war und Anne die armen, geschwollenen, blauangelaufenen Beine hochgelegt und die Decke gut um sie zurechtgestopft hatte. „Sie sind wirklich eine kleine barmherzige Samariterin. Jetzt müssen Sie nach Haus gehen, ich denke mir, die Mama wartet!“ Anne lächelte.

„Aber nein. Meine Mama wartet wohl kaum. Sie wohnt zwei Tagereisen von hier entfernt! Höchstens eine schlechtgelaunte Wirtin wartet und drei Seiten Sozialwirtschaft!“

„Soll das heißen, daß Sie auf Zimmer wohnen?"
„Ja, das weiß der Himmel!"
„Und daß niemand wartet?"
„Nichts weiter als die Pflichten."
„Ach, was heißt Pflichten! Wenn es so ist, dann gehen Sie mal in die Küche raus und machen Sie uns eine anständige, starke Tasse Tee. In der geblümten Blechbüchse sind Kekse, und . . ."
„Wenn Sie so geradezu sind", sagte Anne, „darf ich dann . . ."
Frau Unndal unterbrach sie:
„Selbstverständlich, ich bin auch ein Kohlkopf! Sie sind natürlich hungrig, und was soll hungrige Jugend mit Keksen? In dem Brotkasten ist Brot, und in der Speisekammer finden Sie wohl noch dies und das – ach richtig, Gott segne Sie! Essen Sie um Gottes willen den Rest Labskaus vom Mittag auf, der dort steht. Wenn der heute nicht gegessen wird, dann spaziert er von alleine weg! Das heißt, noch ist er gut, glaube ich. Sie müssen mal dran schnuppern!"
„Ja, aber ich meinte doch nicht . . ."
„Doch, das meinten Sie wohl, und wenn *ich* jetzt so folgsam war und mich habe ins Bett stecken lassen, dann müssen Sie auch folgsam sein, wenn ich Essen in Sie hineinstecken will. Ist das nicht recht und billig?"
„Okay", lachte Anne.
Da stand sie nun in der fremden Küche und suchte sich alles zusammen. Hier war alles klein und niedlich und übersichtlich wie in einem Puppenhause. Kurz darauf trug Anne ein saubergedecktes Teebrett zu Frau Unndal hinein und den aufgewärmten Labskaus für sich selbst.

„Ist das nun nicht gemütlich?" fragte Frau Unndal. „Viel gemütlicher, als nach Hause zu gehen und – was war es, was Sie lernen mußten?"

„Sozialwirtschaft. Ja, sicher ist es gemütlich. Eine so gemütliche Stunde habe ich nicht erlebt, seit – seit – ja, seit dreiviertel Jahren!"

„Aber armes Kind, wie leben Sie denn eigentlich?"

„Na, das übliche Budenleben. Büffele und rechne und bilde mir ein, daß ich zum Sommer mein Examen machen kann."

„Und nebenher verkaufen Sie Schuhe?"

„Nur als Extraarbeit freitags, und in den Weihnachtsferien hab ich's auch gemacht."

Frau Unndal stellte die Teetasse aus der Hand.

„Halt jetzt mal! Warten Sie! Jetzt fängt mein altes Hirn an – sagen Sie mir doch mal eben – sollten Sie nicht zufällig Anne heißen?"

„Ja!"

„Dann kennen Sie doch Lotti Hagen?"

„Ja!"

„Aber Kind, dann weiß ich ja – Sie hatten doch mal eine Stellung in einem Haushalt und machten gleichzeitig Abitur und strickten und verlobten sich ..."

„Die Reihenfolge stimmt nicht ganz", lachte Anne. „Aber sonst ist es richtig."

„Lotti ist mit einer Nichte von mir befreundet", erklärte Frau Unndal. „Und ich hörte von der ganzen Geschichte, als Lotti einmal hier war und ich ihre herrlichen Fausthandschuhe bewunderte – aber mein liebes Kind, dann sind wir ja bekannt miteinander!"

„In Anbetracht dessen, daß ich Sie ins Bett gesteckt und in Ihrer Küche Essen gemacht habe, kann ich Ihnen zustimmen“, lachte Anne.

Sie ahnte selber nicht, daß sie sich genauso ausdrückte wie Jess. Vor zwei, drei Jahren hätte sie sich damit begnügt, in solchem Fall ganz schüchtern und bescheiden Ja zu sagen.

„Und jetzt? Arbeiten Sie noch immer irgendwo in einem Haushalt?“

„Ja, gewissermaßen. Ich habe ein Zimmer und mache dafür ein paar Stunden täglich Hausarbeit.“

„Sie sind wirklich tüchtig, Fräulein – wie heißen Sie mit Nachnamen?“

„Viken.“

„Viken, ja, so war es. Jetzt weiß ich es wieder.“

Anne blickte auf die Uhr.

„Ich glaube, ich muß jetzt gehen, Frau Unndal. Ich will nur eben die Tassen spülen.“

„Die lassen Sie bloß stehen, morgen früh kommt eine Frau.“

Anne war erleichtert, als sie hörte, daß Frau Unndal doch wenigstens etwas Hilfe hatte.

Sie packte die Schuhe ein, die sie wieder mit zurücknehmen sollte, und verabschiedete sich herzlich.

Auf dem Nachhauseweg ertappte sie sich wiederholt dabei, daß sie in sich hineinlächelte.

Diese alte Dame gefiel ihr gar zu gut!

## *Der Lichtblick*

Am nächsten Morgen zeigte sich keiner von der Familie Langelie in der Küche, und Anne war erleichtert. Sie ging, so früh sie konnte, und nahm die Schuhpakete mit. Die wollte sie nach der Schule im Geschäft vorbeibringen. Wenn sie sich beeilte, schaffte sie es sogar noch, ehe die Läden zumachten.

Als sie hinkam, stieß sie beinahe mit einer Dame zusammen, die aus dem Geschäft herauswollte. Die Dame blieb stehen.

„Fräulein Viken – ach, da hab ich ja Glück!"

Es war Frau Unndal junior, die Schwiegertochter der reizenden alten Dame.

„Ich war eben hier und hatte nach Ihnen gefragt. Ich würde Sie nämlich gern mal sprechen."

„Ja, einen Augenblick gnädige Frau – ich will nur eben diese Pakete abgeben."

Frau Unndal ging mit Anne in die Kellerräume hinunter und Fräulein Tvilde stellte bereitwilligst ihr Büro zur Verfügung. Anne wunderte sich. Das ganze Gehabe war so furchtbar feierlich. Was mochte Frau Unndal auf dem Herzen haben?

Es stellte sich heraus, daß sie mit Fräulein Tvilde gesprochen hatte und sehr gut über Anne Bescheid wußte.

„Nun hören Sie mal gut zu, Fräulein Viken. Ich war heute vormittag bei meiner Schwiegermutter, und sie hat mir erzählt, wie rührend Sie gestern zu ihr gewesen sind."

„Aber liebe gnädige Frau – Ihre Schwiegermutter war rührend. Sie ist ja eine entzückende Frau."

Frau Unndal lächelte.

„Ja, das ist sie auch. Aber sie hat so ihre Eigenheiten und ist ein fürchterlicher Trotzkopf. Sie verstehen, wir – ich meine, ihre Angehörigen – sind recht verzweifelt darüber, daß sie so allein lebt. Wir haben ihr vorgeschlagen, sie soll einen zuverlässigen Menschen ins Haus nehmen. Sie hat ja noch ein Zimmer, ein sehr behagliches Zimmer sogar, und sie müßte jemand haben, der, ja, einfach nur *da* wäre. Uns ist es schrecklich, daß sie so allein liegt, namentlich abends und nachts. Wenn sie nun einen Anfall bekommt und zum Beispiel unterwegs zum Badezimmer hinstürzt! Aber da ist nicht mit ihr zu reden. Sie schaffe es ausgezeichnet allein, behauptet sie. Sie hat ja eine Hilfe, die kommt aber nur morgens, macht ihr das Frühstück und richtet das Bett und stellt das Mittagessen in einer Thermosbüchse hin. Aber den ganzen übrigen Tag ist sie allein, abgesehen von unsern Besuchen ab und zu. Aber heute vormittag, als ich bei ihr war ... ja, brauche ich eigentlich noch mehr zu sagen, Fräulein Viken? Sie haben doch sicher längst gemerkt, worauf ich hinauswill!"

Anne hörte mit großen Augen zu. Dann nickte sie:

„Sie meinen, ich soll ..."

„Ja, und was noch besser ist, meine Schwiegermutter meint es auch! ‚Könnte ich die kleine Anne kriegen!' sagte sie erst eben zu mir. Sonst hat sie sich immer geweigert, jemand Fremdes ins Haus zu nehmen. Man weiß ja nicht, wen man bekommt, sagt sie. Damit hat sie natürlich recht. Jetzt höre ich von Fräulein Tvilde, daß es dort, wo Sie wohnen, nicht sehr nett ist, und – ja – würden Sie nicht mal zu meiner Schwiegermutter gehen und mit ihr sprechen?"

Anne strahlte.

„Und ob ich das würde! Darauf können Sie sich verlassen! Je eher, desto besser!"

Zwei Stunden später schwebte Anne die Straße hinunter. Vom kommenden Mittwoch an sollte sie bei Frau Unndal wohnen. Sie mußte die Morgenarbeit tun. „Ich bin immer gegen fünf Uhr wach und habe dann sehr das Verlangen nach meinem Morgenkaffee. Sie können also meinetwegen so früh anfangen, wie Sie wollen", hatte Frau Unndal gesagt. Sie wollte alle Waren telefonisch beim Kaufmann bestellen und schicken lassen. Wenn Anne von der Schule nach Haus kam, sollte sie „irgendwas Genießbares zum Essen zusammenschmurgeln", wie die alte Dame sich ausgedrückt hatte. Aufwaschen – und dann war vor dem Abend nichts mehr zu tun, dann hieß es nur, die Couch in ein Bett verwandeln und eine Tasse Tee machen.

Das Wichtigste war, daß Anne abends und nachts im Hause war. Und das konnte sie versprechen.

Für das alles würde sie ein wunderhübsches kleines Zimmer bekommen. Es war früher Frau Unndals Schlafgemach gewesen – und die Kost! Ja, es war gar nicht zu fassen.

Mit einemmal stockte Annes Fuß.

An eins hatte sie nicht gedacht.

Ostern! Jess erwartete sie zu Ostern – und jetzt hatte sie sich verpflichtet, sie war an Händen und Füßen gebunden.

Aber wenn auch! Sie bereute es nicht. Und vielleicht – vielleicht ließ es sich ja doch irgendwie einrichten . . .

„Ich muß mit Ihnen reden, Fräulein Viken", empfing Frau Langelie sie zu Hause. Sie hatte Anne abgefangen.

„Und ich mit Ihnen", sagte Anne. Sie hatte jetzt die ganze notwendige Sicherheit nach ihrer Abmachung mit Frau Unndal. Sie sprach schnell weiter, um alles loszuwerden, noch ehe Frau Langelie anfing.

„Nach dem, was mir gestern morgen passiert ist, kann ich nicht mehr bei Ihnen bleiben, Frau Langelie. Erstens paßt es mir nicht, von dem Sohn des Hauses so behandelt zu werden, und zweitens lasse ich es mir nicht gefallen, daß man sagt, ich hätte ihn ermuntert. Ich ziehe am kommenden Mittwoch. Das wollte ich nur sagen."

„So, das wollten Sie sagen. Haben Sie jemals etwas von einer Kündigungsfrist gehört?"

„Allerdings. Aber in diesem Fall dürfte ich wohl das Recht haben, mich nicht darum zu kümmern."

„Das wird das Arbeitsgericht entscheiden!"

„Das kann es ja tun", sagte Anne. „Dann werde ich natürlich aussagen, weshalb ich gezwungen bin, so plötzlich die Stellung zu verlassen. Es war sonst meine Absicht, darüber zu schweigen – um Ihretwillen!"

„Und was ich noch sagen wollte –", Frau Langelie machte plötzlich einen Gedankensprung, „sagen Sie doch Ihren Verehrern, daß Sie keinen Zugang zum Telefon hier haben."

„Ich habe Ihr Telefon nicht benutzt! Und Verehrer habe ich nicht!"

„Natürlich nicht. Ich soll wohl glauben, Ihr Großvater hat vor einer Stunde hier angeläutet und Sie zu sprechen verlangt?“

„Ich habe nicht die leiseste Ahnung, wer das war“, sagte Anne achselzuckend.

„Ist nicht möglich! Aber Sie sind schwerlich so harmlos, wie Sie scheinen“, sagte Frau Langelie spitz. „Sie haben nicht mit meinem Sohn geflirtet, und Sie haben keine Verehrer – jaja, es ist wirklich allerhand, was Sie mir so einreden wollen!“

„Mama –“, die älteste von den kleinen Mädchen erschien in der Tür. „Mama, da ist ein Herr – er heißt Sander – Schiffsreeder Sander.“

„Schiffsreeder Sander – aber Kind – ja, ich komme sofort.“

Frau Langelie sah aus wie ein leibhaftiges Fragezeichen. Anne konnte ein Lächeln kaum unterdrücken. Der Name des reichen Reeders bedeutete in dieser Stadt ebensoviel wie Errol Flynns in Hollywood.

„Er will Anne sprechen, hat er gesagt.“

„An . . . aha, dann gehen Sie jetzt dort in Stellung?“ Frau Langelie drehte sich zu Anne um.

„Nein“, sagte Anne. „Die Tochter von Herrn Sander ist meine Freundin.“

Sie ging in den Korridor hinaus, wo Herr Sander wartete. Sie wußte ganz genau, daß die Tür hinter ihr einen Spalt weit offen stand, und sie senkte keineswegs die Stimme, als sie Herrn Sander begrüßte.

„Ja, ich mußte doch heraufkommen und sehen, ob ich Sie erwischte“, sagte Herr Sander. „Ich habe Britt auf Ehre und Gewissen versprechen müssen, Sie heute zu entführen.

Sie liegt nämlich krank, das arme Ding, und wollte so gern, daß Sie zu ihr kämen."

„Ach die arme Britt – was hat sie denn?"

„Eine Grippe. Aber die ist schon wieder im Abklingen. Das Schlimmste hat sie überstanden. Sie ist nur so schrecklich schlapp und soll noch ein paar Tage im Bett bleiben."

„Ja, ich komme natürlich. Aber – warum haben Sie sich nur die Mühe gemacht und sind persönlich hergekommen?"

„Ach, es lag mir auf dem Weg – und übrigens hatte ich versucht, Sie im Telefon zu erreichen. Aber da muß ich an einen ganz gefährlichen Drachen geraten sein; der erklärte mehr deutlich als liebenswürdig, Sie seien nicht anzutreffen."

Anne verbiß sich das Lachen. Es war zu schön, zu wissen, daß Frau Langelie hinter der Tür stand und nun den Drachen schlucken mußte.

„Also Anne, komen Sie mit? Jetzt gleich?"

Die Gewißheit, daß Frau Langelie horchte, gab Anne Mut: „Furchtbar gern, Herr Sander, falls ich bei Ihnen ein wenig essen kann. Ich bin heute nämlich so spät dran, daß ich noch nicht zu Mittag gegessen habe."

„Aber Kind, Sie können bei mir so viel essen, wie Sie wollen. Ich gehe hinunter und warte im Wagen, während Sie Ihr unvermeidliches Strickzeug einpacken."

Frau Langelie konnte keine Silbe hervorbringen, als Anne durch die Küche in ihr Zimmer hinüberging.

Anne war immerhin Frau, und trotz aller ihrer Vorzüglichkeit fühlte sie ein winziges bißchen Schadenfreude, die im Seelenleben einer Frau immer die Würze darstellt.

Sie wußte nur zu gut, daß die Familie Langelie hinter der Gardine stand und ihr nachsah, wie sie – mit wesentlich langsameren Bewegungen, als es sonst ihre Art war – in Herrn Sanders prachtvollen „Jaguar“ stieg. Er hielt ihr den Schlag höflich auf, und Anne ließ sich mit ganz selbstverständlicher Miene auf den rotledernen Sitz fallen.

Dann rollte der Wagen davon.

Der junge Thomas drückte seine Nase an der Fensterscheibe platt und folgte dem Autowunder mit den Augen. „Schockschwerebrett!“ murmelte er überwältigt.

## *Bei Großmama*

Anne fühlte sich wohl wie ein Fisch im Wasser.

Ihr ganzes Dasein war mit einem Schlag verwandelt.

Sie erwachte mit einem Lächeln, sie freute sich jeden Morgen auf den kommenden Tag. Punkt sechs Uhr stand sie unter der Brause – schon das allein war eine Wohltat. Bei Langelies hatte sie das Bad nicht benutzen dürfen. Um halb sieben Uhr brachte sie Frau Unndal den Kaffee ans Bett und aß selbst bei ihr drinnen ihr erstes Frühstück. Stets hatte Frau Unndal irgend etwas Nettes zu erzählen, sich über etwas Lustiges zu unterhalten. Es war immer recht schwer, diese trauliche Kaffeestunde abzubrechen. Aber da machte sich Annes Tüchtigkeit geltend. Sobald der Kaffee getrunken und Frau Unndal ins Bad gegangen war, kam Anne in Schwung; sie räumte das Zimmer auf, richtete die Couch für den Tagesgebrauch her und strich Butterbrote für Frau Unndal zum zweiten Frühstück und das Schulbrot für sich selbst. Wenn sie fortging, war Frau Unndal angezogen und in ihrer Ecke für den Tag zurechtgelegt. Auf dem großen Tisch neben der Couch standen Radio und Telefon, die Thermosflasche mit dem Vormittagstee und die Butterbrote, die Anne gestrichen hatte. Anne konnte mit gutem Gewissen in die Schule gehen.

Bei Frau Unndal fiel ihr das Lernen viel leichter. Sie wußte selbst nicht, woher es kam, und doch war der Grund einfach zu erraten: Sie hatte Ruhe, ihre Nerven waren nicht mehr in Hochspannung.

Dann hieß es nach Hause gehen und irgend etwas Genießbares zum Mittag zusammenschmurgeln. Frau Unndal war nicht heikel. Die Hauptsache war, daß es schnell und leicht getan war, damit Anne so bald wie möglich an ihre Aufgaben gehen konnte. Das bißchen Geschirr war im Nu aufgewaschen. Dann hielt Frau Unndal einen Mittagsschlaf und gab nicht einen Mucks von sich bis gegen acht Uhr abends. Anne hatte dadurch einen langen und schönen Nachmittag für ihre Schularbeiten.

Gegen acht Uhr ertönte aus dem Nebenzimmer das fröhliche, singende „An-ne!" Das bedeutete, daß Frau Unndal ins Bett gebracht werden wollte. Anne richtete im Handumdrehen das Bett her. Dann folgte die allergemütlichste Stunde des Tages: die kleine Abendmahlzeit, Tee und Butterbrote, mit Frau Unndal zusammen. Jetzt hatte Anne ein gutes Gewissen, in der Regel waren die Aufgaben gemacht. Diese Stunde pflegten sie beide lang auszudehnen. Anne strickte; Frau Unndal plauderte und erzählte. Sie war viel im Ausland gereist und konnte lebendig und amüsant erzählen. Anne lauschte mit Augen und Ohren.

„Annekind, Sie müssen aber auch ein bißchen an die frische Luft", sagte Frau Unndal. „Heute abend kommt Lore, sie kann das Abendbrot machen, gehen Sie jetzt raus und lassen Sie sich nicht so bald wieder blicken!"

Lore war Frau Unndals Enkelin, ein fünfzehnjähriges Mädel mit dunklem Haar und braunen Augen. Sie und Anne waren dick befreundet, wenn es Anne auch schwer fiel, dem glühenden Interesse der jungen Dame für Filmsterne und Jitterbug zu folgen.

Anne machte dann einen Spaziergang, oder sie schaute schnell zu Britt hinein.

„Wollen Sie Britt nicht mal herbringen?" fragte Frau Unndal eines Tages. „Decken Sie gemütlich den Teetisch drinnen bei sich. Warum sollten Sie nicht auch Besuch haben?"

Die alte Frau Unndal war wirklich unwahrscheinlich gut.

Anne hatte gedacht, sie müsse wohl jetzt den Freitagsjob im Schuhgeschäft aufgeben. Aber davon wollte Frau Unndal nichts wissen.

„Was ist das für ein Schnickschnack? Freitags kommt die Aufwartung und ist den ganzen Nachmittag hier; sie macht dann alles Nötige. Gehen Sie nur ruhig zu Ihren Schuhen und den dreckigen Füßen, meine Gute!"

Frau Unndal konnte es nämlich nicht vergessen, daß Anne einmal eine Kundin gehabt hatte mit Löchern in den Strümpfen und unverkennbar schmutzigen Füßen. Und wie oft auch Anne seither sagte, das sei eine Ausnahme gewesen, und die Reinlichkeit der Kunden lasse sonst wirklich nichts zu wünschen übrig – Frau Unndal konnte dies eine Mal durchaus nicht vergessen.

*Am gemütlichsten war die abendliche Plauderstunde*

Anne verdiente jetzt viel weniger Geld, kam aber trotzdem gut zurecht. Sie hatte die zwölf Kronen jeden Freitag, und jeden Monat kamen fünfundzwanzig von Magnus. Auch das Stricken warf noch ein bißchen ab. Außerdem hatte sie von den dreihundert von Weihnachten noch einen ganzen Batzen übrig. Es sah gar nicht so trübe aus. Denn sie hatte ja jetzt die ganze Verpflegung umsonst!

Als eines Tages wieder ein Paket aus Möwenfjord kam, war Anne glücklich, daß sie Frau Unndal von den Fladenbroten und von der hausgemachten Schafrollwurst anbieten konnte. Dann kam ein Paket aus Dänemark, und sie schwelgten in dänischen Delikatessen.

Endlich eines Tages machte Anne ernst und lud Britt ein.

Britt sagte zuerst Frau Unndal guten Tag, und es erging ihr genau wie allen andern. Sie war dieser merkwürdigen Dame mit dem unerschütterlichen Humor und den klugen, lebendigen Augen unter dem brausenden weißen Haar gleich zugetan, dieser alten Dame, deren siecher Körper ihren jungen, sprudelnden Geist nie niederzwingen konnte.

Eigentlich sollte sie drinnen bei Anne Tee trinken. Aber da kam Lore hereingeschneit. So setzten sich die drei jungen Mädchen zu einer traulichen Teestunde zu Großmama ins Zimmer.

Ja – zu Großmama.

Frau Unndal hieß in der ganzen Familie nur Großmama. Und als Anne einen Monat bei ihr gewesen war, da war die Großmama dermaßen in ihr Bewußtsein eingegangen, daß sie sich einmal unversehens versprach und sie selbst so nannte.

Und Großmama lachte.

„Sieh da, das hab ich gern", sagte sie. „Aber dann möchte ich auch Du zu dir sagen, Anne!"

„Das wäre herrlich!" sagte Anne.

Die kleine Lore schien einen sechsten Sinn zu haben, der ihr immer anzeigte, wenn Britt bei Anne und Großmama war. Dann erschien sie regelmäßig auf der Bildfläche und hatte immer irgendeinen Vorwand, um lange bleiben zu können. So lange, daß Britt sie dann im Wagen nach Hause fuhr.

Daß ein zwanzigjähriges Mädchen einen eigenen Wagen besaß, machte einen gewaltigen Eindruck auf Lore. Der Mund stand ihr nicht still. Sie unterhielt Britt auf das eifrigste über Automarken und Gregory Peck und roten Nagellack und wie alt man sein müsse, um sich die Lippen anzumalen, und ob ein roter Badeanzug ihr besser stehen würde als ein grüner.

Britt vermochte besser als Anne auf Lores erhabene Interessen einzugehen. Britt war selbst in der Stadt aufgewachsen; Lores Interessenwelt war ihr vertraut. Anne waren solche Themen fremd. Aber die kleine Lore hatte ein gutes Herz, das versöhnte mit allem.

„Fährt Anne denn nie mit dir, Britt?“ fragte sie, als sie eines Abends wieder mitgenommen worden war.

„Anne hat so viel zu tun, das weißt du ja. Sie ist vormittags in der Schule und muß nachmittags bei deiner Großmama sein.“

„Aber das kann ich doch dann machen – hin und wieder“, fügte Lore sicherheitshalber hinzu. „Wenn ich bei Großmama bleibe, und Anne nicht zu viel aufhat, dann kann sie doch mal mit dir ausfahren?“

„Das wäre fein“, sagte Britt und meinte es auch so.

Lore hielt Wort. Mindestens einmal in der Woche übernahm sie das Kinderhüten – wie Großmama es scherzend nannte –, so daß Anne ein bißchen herauskam.

Und nun lag schon unverkennbar Lenzgeruch in der Luft. Es war herrlich, mit dem kleinen Auto zu fahren, das sie eins-zwei-drei aus der Stadt hinausbrachte, hinaus zu den ersten blauen Leberblümchen, den Kätzchen und dem zarten Laub des Frühlings.

„Aus deiner Kopenhagener Reise zu Ostern wird wohl nichts werden?" fragte Britt eines Tages. Sie saßen auf einem Stein, über den sie die Autodecke gebreitet hatten, und ordneten die Anemonen, die sie gepflückt hatten.

„Nein, das geht jetzt nicht."

„Was wird Jess dazu sagen?"

„Furchtbar enttäuscht ist er. Aber er versteht es natürlich. Er wußte nicht, wie gräßlich ich es bei Langelies hatte. Das hat er erst hinterher erfahren. Und er versteht natürlich, daß dies hier, gelinde gesagt, eine Wandlung zum Besseren bedeutet."

„Aber zum Sommer?"

„Ja, dann *muß* ich runterfahren – und wenn ich hinschwimmen soll!"

„Graulst du dich nicht vorm Examen?"

„Gar nicht. Das geht jetzt alles großartig. Seit ich bei Großmama bin, geht alles wie geschmiert."

„Aber wie – entschuldige, wenn ich danach frage, Anne – wie steht's denn mit den Finanzen?"

„Ach, das schaff ich schon."

Britt sah ein Weilchen nachdenklich vor sich hin.

„Wenn du – wenn du jemals daran denkst – äh –, eine Studienanleihe aufzunehmen, Anne, dann – dann mußt du unter allen Umständen Bescheid sagen, du weißt ..." – Britt sprach jetzt rascher, ein wenig hastig, „du weißt, das tun furchtbar viele, das ist ja eine völlig – ja wie soll man sagen – das ist doch ganz üblich –"

Britt schaute zu Boden, während sie sprach. Ihr Blick war auf Annes abgestoßenen Mantelsaum, die gestopften Strümpfe und geflickten Schuhe gefallen.

„Danke, Britt. Das ist riesig nett von dir. Aber weißt du, ich hab solche Hundeangst vor Schulden. Die hat meine ganze Familie ihr Leben lang zu vermeiden gesucht. In all den Jahren. In allen Generationen. Darum, weißt du – aber ich danke dir herzlich, daß du es mir angeboten hast."

Sie schwiegen beide. Britt nestelte an dem Anemonenstrauß, band ihn zum sechsten Mal um.

„Du hast es im Grunde gut, Anne."

„Ich? Ja! Das weiß ich. Und bin dankbar dafür."

„Ich würde gern mit dir tauschen. Auch wenn ..."

Britt vollendete den Satz nicht. Beide wußten ja, was auf dies „auch wenn" folgen sollte.

Anne legte ihre Hand behutsam auf Britts Hand.

„Tut es denn noch immer weh, Britt?"

„Ach. Du weißt, man gewöhnt sich ja an alles."

„Ja. Onkel Herluf sagt immer, der Mensch ist das elastischste Geschöpf, das der liebe Gott geschaffen hat."

„Da hat er sicher recht. Aber ...", jetzt richtete Britt ihre Augen auf Anne, und sie waren ein Brunnen voller Schmerz: „Es ist verteufelt schwer, sich daran zu gewöhnen, daß die eigene Mutter von einem weggelaufen ist."

Dann schwiegen sie wieder. Britt starrte mit tränenlosem Blick vor sich hin.

„Erzähl mir von deiner Mutter, Anne."

„Warum, Britt? Es tut dir nur weh."

„Nein, bestimmt nicht. Sei so lieb! Erzähle mir, wie eine Mutter sein kann."

Anne erzählte, so schlicht und nüchtern wie möglich.

„Steht deine Mutter jemals in der Küche und bäckt Kuchen? Mit einer großen weißen Schürze um?"

„Nun ja, natürlich tut sie das!"

„Und spült sie Geschirr? Und putzt sie einen ganzen Berg Beeren in der Einmachzeit?"

„Das kannst du dir doch denken!"

„Was tut sie sonst noch? Erzähle!"

„Sie melkt die Kühe, und sie versorgt die Kälber. Und abends sitzt sie am Webstuhl oder strickt."

„Und wenn die Kinder irgendeinen Kummer haben, dann ..."

„Ja, dann gehen wir damit zu unserer Mutter, natürlich."

„Und was tut sie dann?" Britts Augen hingen an Annes Mund, dunkel und hungrig.

„Sie versucht uns dann zu helfen, weißt du. Gibt uns gute Ratschläge und so. Aber glaub ja nicht, daß sie nicht auch mit uns schelten könnte! Ach du liebe Güte, sie bringt uns nicht schlecht auf den Trab, wenn wir etwas Dummes getan haben!"

„Aber sie redet auf alle Fälle mit euch, ob sie nun tröstet oder zankt."

„Ja, das tut sie."

„Was tut sie sonst noch – ich meine – so für sich? Liest sie? Oder – näht sie manchmal was Hübsches für sich selbst – oder – ja, also – tut sie etwas für sich selbst?"

„Daraus wird nie so sehr viel. Sie hat immer alle Hände voll zu tun, verstehst du. Mit fünf Kindern und drei Enkeln ..."

„Ich dachte, da wäre nur ein Enkelkind."

„Ein Junge von dem Sohn. Aber meine Schwester hat zwei. Die mit der Ziegenzucht, die Björg."

„Ach ja."

Sie blieben noch ein Weilchen sitzen. Mit einemmal stand Britt auf.

„Wir müssen nach Hause. Es wird dunkel", sagte sie.

Auf dem Heimwege wechselten sie nicht ein Wort.

## *Britt hat keine Schmerzen mehr*

„Gesegnet seien die Hausschuhe", sagte die junge Frau Unndal. „Ohne die hätten wir Anne nicht gefunden!"

„Haben Sie sich schon klargemacht, daß Großmama nicht einen einzigen Herzanfall gehabt hat, seit Sie kamen, Fräulein Viken?" sagte der Sohn, Lores Vater. „Sie wirken wie das verkörperte Herzmittel."

„Aber nein ...", sagte Anne und errötete über so viel Lob. „Mir ist es nie so gut gegangen wie jetzt. Großmama ist doch der gütigste Mensch der Welt!"

„Halt!" rief Großmama. „Ich bin keineswegs gütig, ich bin ein Trotzkopf. Das habe ich oft genug zu hören gekriegt, nicht wahr, Herzenssohn und geliebte Schwiegertochter? Ich bin eine Egoistin, liege da und genieße es, daß Anne mir alles schön macht. Und wünsche aus meiner ganzen garstigen Seele, daß sie durchs Examen fallen möge ..."

„Aber Großmama!"

„... dann müßte sie wieder von vorn anfangen und könnte das ganze nächste Jahr bei mir sein. Wenn es die Absicht ist, daß ich so lange lebe. Wenn ich nur begreifen könnte, was sich der liebe Gott eigentlich denkt! Junge Menschen sterben, und ich altes nutzloses Wesen liege hier und lebe und lebe und tue nichts weiter als leben!"

„Großmama, du versündigst dich ..."

„Durchaus nicht. Ich rede gerade heraus und vernünftig. Der Tod hat nichts Abschreckendes für mich. Gibt es denn etwas Natürlicheres als zu sterben, wenn man alt ist? Ich habe ein reiches Leben gehabt, vergeßt das nicht, und ich finde, es war lang genug. Aber den lieben Herrgott *da*von zu überzeugen ...?"

Die andern schüttelten den Kopf. Diese Großmama! Diese Großmama!

„Und deinen unanständigen Wunsch, daß Anne durchs Examen fallen möge, wird der liebe Gott auch kaum erfüllen", sagte Herr Unndal. „Wie steht es, Fräulein Viken? Glauben Sie, daß Sie's schaffen?"

„Ach ja, ich denke doch."

„Und werden Sie Großmama dann verlassen?"

„Ja, das werde ich wohl müssen!"

„Hört nur das egoistische Frauenzimmer!" rief Großmama. „Sie sagt nicht einmal ‚leider'!"

„Aber Großmama, ich kann doch nicht ‚leider' sagen, wenn ich nach Kopenhagen fahren darf zu meinem Verlobten, den ich seit August nicht gesehen habe ..."

„Nein, nein, Kind. Das verstehe ich auch. Ich bin selbst jung und verliebt gewesen – und ich kann dir nichts Besseres wünschen, als daß du eine solche Ehe erleben mögest wie ich." Großmamas klare Augen suchten das Bild über der Couch, das Bild eines schönen, grauhaarigen Mannes in mittleren Jahren.

„Großmama!" sagte Lore. „Ich habe Ostern nichts Besonderes vor, und wenn ich dann komme und dich versorge, dann kann Anne mal mit Britt ausfahren, nicht?"

„Das ist großartig, Lore. Mir ist das sehr recht, denn du kannst dich drauf verlassen, Anne wird Ostern ins Freie gejagt. Sie ist viel zu viel drinnen und hockt immer über ihren fürchterlichen Büchern."

„Großmama, Großmama!" seufzte Anne.

Nanu?

Anne blickte auf die Uhr. Erst acht – und dann läutete schon das Telefon? Am Palmsonntag morgen?

Sie hörte Großmama sprechen, und dann kam der wohlbekannte, singende Ruf:

„Ann-ne!"

Anne sprang aus dem Bett und torkelte im Schlafanzug durch das Zimmer.

„Es ist Britt, mein Kind. Sie will dich sicher auf einen Ausflug mitnehmen bei dem schönen Wetter. Fahr nur raus, ich laß mir die Lore kommen!"

Es war Britt. Sie war fast nicht wiederzuerkennen. Ihre Stimme klang rauh.

„Kannst du mit mir rausfahren, Anne?"

„Ja – doch, gern, selbstredend – aber Britt, du telefonierst so früh, du störst doch Großmama, wieso . . ."

„Ich weiß ja, daß sie früh wach wird. Ich konnte nicht länger warten, Anne. Ich habe die ganze Nacht kein Auge zugetan. Ich muß dich sprechen. Kann ich dich gleich abholen, Anne?"

„In einer Stunde, Britt. Ich bin noch gar nicht auf, und ich will Großmama jedenfalls den Kaffee machen."

„Gut, gut. Aber in einer Stunde sicher, Anne?"

In der Stimme lag eine ungeduldige Bitte.

„Ganz sicher, Britt.“ Dann wurde der Hörer aufgelegt.

„Armes Brittchen“, sagte Großmama. Sie wußte, daß Britts Eltern in Scheidung lagen.

„Ja“, sagte Anne. „Sie tut mir so schrecklich leid. Und dabei – dabei bin ich im Grunde gar nicht dazu geeignet, sie zu trösten. Ich hab ja so was nie erlebt – und ich weiß nicht, was ich ihr zum Trost sagen soll.“

Großmama überlegte.

„Ich bin auch nicht gerade die Rechte. Für mich gab es nur einen Mann im Leben, und den habe ich über alles in der Welt geliebt. Aber weißt du, woran ich denke, Anne? Gesetzt den Fall, ich wäre verheiratet gewesen, als ich meinen Martin kennenlernte. Gesetzt den Fall, ich hätte sogar schon Kinder gehabt. Und ich hätte dann Martin ebenso lieb gewonnen, wie es eben der Fall war! Ich war jung und nicht gebunden, und er ebenfalls, das war unser Glück. Ich habe oft daran denken müssen: Ob ich die Kraft gehabt hätte zu widerstehen? Es wäre jedenfalls ein fürchterlicher Kampf geworden. Und wenn ich dann in dem Kampf unterlegen wäre? Wenn die Liebe zu Martin nun über die Pflicht gesiegt hätte, ja sogar über die Mutterliebe?“

„Du meinst, daß Britts Mutter es so sehen muß?“

„Möglich. Sehr wahrscheinlich sogar. Nicht daß ich es grundsätzlich verteidigen will, Anne. Glaub das ja nicht. Aber man soll nie über etwas urteilen, was man nicht ganz versteht. Und man darf auch nie vergessen, daß Menschen, die in einen solchen Zwiespalt kommen, es schrecklich schwer haben. Denk an dich selber. Du hast Jess lieb. Glaubst du, daß irgendein Gefühl der Pflicht dich dazu bringen könnte, auf Jess zu verzichten?“

„Nicht irgendein Gefühl der Pflicht, Großmama. Aber wenn ich ein Kind hätte, dann würde ich doch hoffentlich – dann sollte ich wohl meinen –“ Anne stockte und dachte nach.

„Ich weiß nicht, Großmama“, sagte sie zuletzt leise. „So was weiß man nicht, bevor man es selbst erlebt hat.“

„Siehst du“, sagte die Großmama. „Das ist der Kern der Sache. Man kann nie über etwas urteilen, ehe man es nicht selbst erlebt hat.“

Anne erhob sich.

„Das ist wahr. Aber ob man es nun versteht oder nicht, auf jeden Fall ist es für Britt schrecklich traurig.“

„Das ist es wahrhaftig. Mach jetzt schnell die Tasse Kaffee, Anne, damit Britt nicht länger zu warten braucht, als nötig.“

„Warum bist du nicht raufgekommen, Britt?“ fragte Anne. Britt hatte unten im Auto gewartet.

„Konnte nicht. Mir war nicht danach.“

Sie fuhr mit einem Ruck an. Ihr Gesicht war durchsichtig blaß, die Augen groß und brennend.

Sie fuhr schnell. Schneller als sonst.

„Sieh dich vor, Britt!“ Britt hatte plötzlich vor einem Auto, das von rechts einbiegen wollte, bremsen müssen.

„Ja doch. Ich sehe mich schon vor. Ich habe ja gebremst. Bloß keine Bange.“

Dann widmete sie ihre ganze Aufmerksamkeit dem Fahren. Sie sagte kein Wort mehr, bis sie die Stadt hinter sich und die morgenöde Landstraße vor sich hatten.

Sie starrte geradeaus vor sich, die Augen klebten an der Fahrstraße.

„Vater heiratet."
„Britt!!"
„Ja. Das war's."
Anne faßte vorsichtig Britts Hand, die auf dem Steuer lag. „Kannst du nicht mal anhalten, Britt?"
„Nein, fahren ist besser. Sonst heule ich nur."
„Ja, und wenn schon? Vielleicht hilft das ein bißchen."
„Ich hab genug geflennt."
Das kleine Auto fraß die Kilometer.
„Wohin fahren wir eigentlich, Britt?"
„Weiß ich nicht. So weit weg wie möglich. Wenn ich nur das ganze Durcheinander hinter mir lassen könnte."
Anne wartete ein Weilchen, ehe sie weiter redete.
„Halt jetzt an, Britt. Sei so gut."
Da verlangsamte Britt endlich die Fahrt und hielt am Straßenrand. Sie blieb sitzen, die Arme auf dem Lenkrad, und starrte vor sich hin.
„So, Britt. Jetzt sprich dich aus. Das brauchst du nämlich."
„Was soll ich groß sagen? Mein Vater will heiraten."
„Aber Britt, die Trennungsfrist ist doch noch gar nicht abgelaufen!"
„Das Scheidungsurteil liegt in einer Woche vor. Du weißt – oder das weißt du vielleicht nicht – daß es gewisse Gründe gibt, die eine Scheidung beschleunigen können."
„Ist es ...", Anne fragte tastend.
„Nein. Es ist meine Mutter. Aber es paßt wohl meinem Vater ganz gut. Er fährt mit der Dame nach Paris. Dort wollen sie heiraten – im Mai – im wunderschönen Monat Mai", sagte Britt mit schneidendem Gelächter.

„Kennst du – sie?"

„Flüchtig. Aber ich ahnte nicht – ahnte nichts bis gestern abend – da sagte Vati es mir."

Britt drehte sich jäh zu Anne um.

„Verstehst du denn nicht, daß ich am liebsten vor der ganzen Geschichte davonlaufen möchte? Das war wohl der Grund, weshalb Vati mir den Wagen schenkte. Fahre weg, bitte sehr, und störe nicht – die Flitterwochen."

„Nein, Britt. Er hat dir das Auto geschenkt, um dir eine Freude zu machen. Dessen bin ich sicher."

„Da wäre manches andere gewesen, womit er mir mehr Freude gemacht hätte."

Anne biß sich auf die Lippen. Ihr blutete das Herz vor Mitleid. Und unwillkürlich mußte sie denken: Was würde Großmama gesagt haben? Die kluge, gute, lebenserfahrene Großmama?

„Britt, höre mal. Du weißt, daß dein Vater dich liebt. Und du weißt auch, daß die Liebe, die man für sein Kind empfindet, ganz anderer Art ist als die zu einem Menschen, den man heiraten will."

„Ja, ja, ich weiß schon. Das Kind kommt in zweiter Linie. Das brauchst du mir nicht zu erzählen. Das hab ich schließlich am eigenen Leib zu spüren bekommen."

„Britt – Liebste! Dies alles ist so entsetzlich, daß du es nicht noch schlimmer machen darfst. Die Frau, die dein Vater liebt – sie nimmt *dir* doch nichts fort! Die Vaterliebe bleibt doch dieselbe – und die Frau bekommt die andere Art Liebe – das mußt du doch verstehen, Britt!"

„Ich verstehe nur, daß ich im Wege bin. Mutti bin ich im Wege, Vati bin im Wege. Wenn ich Vati jetzt bitte, er möchte mich ins Ausland gehen lassen, dann wäre er heilfroh und würde mich mit dem ersten Schiff auf die Reise schicken. Eine erwachsene Tochter, die einem um die Beine läuft, paßt nun einmal nicht in ein junges Eheglück!"

Britts Stimme klang so scharf, daß sie Anne in die Ohren schnitt.

„Aber Britt...", Anne sprach unsicher und vorsichtig, es war furchtbar schwierig für sie – „dein Vater ist kein alter Mann. Erwartest du von ihm, daß er für den Rest seines Lebens als – als..."

„Du meinst, als Mönch leben soll? Nein, gewiß nicht. Aber hätte es nicht genügt, daß mich einer zur Zeit verließ? Muß ich denn durchaus beide Eltern im Laufe eines halben Jahres hergeben?"

„Du gibst sie doch gar nicht her, Britt!"

„Und ob ich das tue! Verdammt noch mal!"

Anne zuckte zusammen. Sie hatte Britt noch nie fluchen hören.

„Du verstehst dies alles nicht, Anne. Du hast dein sicheres Zuhause in Möwenfjord. Du hast eine Mutter, die eine ehrliche und redliche Witwe ist. Du hattest einen Vater, der als anständiger, treuer Mann starb. Du verstehst das nicht!"

„Britt – es ist so schrecklich traurig – aber es kommt doch vor, daß zwei Ehegatten eines Tages merken, sie passen nicht zusammen..."

„Das hat aber lange gedauert, bis sie das gemerkt haben! In drei Jahren sollten sie Silberhochzeit feiern. O nein, Mutti hat sich in einen andern vergafft, und dann heißt es eben, auf und davon und Mann und Kind und Heim im

Stich gelassen – und natürlich sieht der Vater sich nach einer passenden Nachfolgerin um; eins-zwei-drei ist das Fräulein da, und alles ist eitel Freude und Sonnenschein – aber was wird aus mir?“

Anne hätte laut heulen können vor Erbarmen. Wenn sie dann wenigstens die richtigen Worte finden könnte – ach, wenn sie doch nicht in einem Auto auf der Landstraße säßen, sondern zu Haus in Großmutters Zimmer – wenn Großmama mit Britt reden könnte, Großmama mit all ihrer Klugheit und ihrem warmen Herzen!

Aber da saßen nun die beiden unerfahrenen jungen Mädchen, jung, hilflos, die eine voller Bitterkeit, die andere voll ratlosem Mitgefühl.

„Komm, Britt, wir gehen ein bißchen ins Freie. Es ist so warm hier drinnen.“

„Wir können das Verdeck runtermachen.“

Das kleine Auto war ein Kabriolett, das mit wenigen Handgriffen in einen offenen Wagen umzuwandeln war.

„Wir wollen lieber auf die Höhe rauffahren“, sagte Britt, als sie das Verdeck hinten vorschriftsmäßig festgeschnallt hatte. „Dann können wir da oben ein bißchen laufen, wenn du durchaus willst. Wandern und die Aussicht genießen. Ich bin heute besonders dazu aufgelegt, schöne Aussichten zu genießen“, – bei den letzten Worten schnitt sie eine höhnische Grimasse.

Die Straße schlängelte sich in ziemlich steilen Serpentinen nach oben, und Britt schaltete den zweiten Gang ein.

Als sie oben angelangt waren, stiegen sie aus und gingen ein Stück durch die Heide. Sie setzten sich auf einen Steinblock und blickten schweigend um sich.

„Ich hab, glaub ich, 'n Stück Schokolade in der Tasche", sagte Britt. „Bitte, wenn du was haben willst ..."

„Und du?"

„Nein, danke. Hab keinen Appetit."

Britt starrte vor sich hin. Das Schweigen wurde quälend. Wenn sie doch lieber weinen wollte! dachte Anne. Wenn sie doch bloß etwas *sagen* wollte – vor allen Dingen reden!

Endlich sprach Britt, mit toter, klangloser Stimme:

„Was hörst du von Jess?"

„Ach danke. Er schreibt an einer Operette."

„Er hat so famose Eltern."

So. Schon wieder war sie bei diesem Thema angelangt.

„Ja", sagte Anne nur.

„Du kommst auch glänzend mit ihnen aus, nicht wahr?"

„Ja, sehr gut. Ich soll sie im Sommer besuchen. Ich freu mich schon drauf."

„Na ja, klar."

Dann geriet die Unterhaltung wieder ins Stocken.

Die Sonne stieg höher und höher. Es war ein wunderbarer Frühlingstag.

Allmählich drang das Brummen der Autos von der Straße zu ihnen herauf. Sie hatten jetzt die Landstraße nicht mehr für sich allein. Die strahlende Sonne hatte viele zu einem Sonntagsausflug herausgelockt. Britt erhob sich.

„Wir können nicht den ganzen Tag hier sitzen bleiben. Wir wollen weiterfahren und irgendwo was essen."

Sie gingen über den heidekrautbewachsenen Hang zur Straße hinüber. In diesem Augenblick sauste ein großes, hellblaues Auto an ihnen vorbei. Die Sonne blitzte in all dem Lack und Chrom.

Britt atmete plötzlich schwer.
„Hast du den Wagen eben gesehen?"
„Ich habe nicht drauf geachtet."
„Das war Vati. Vati – mit ihr."
Britts Lippen zitterten, als sie sich in den Wagen setzte und auf den Anlasser trat. Sie wischte sich mit der Hand über die Augen. Dann fuhr sie an.
Sie hatten jetzt die Sonne gerade im Gesicht.
„Hast du keine Sonnenbrille da, Britt?"
„Hab sie vergessen. Es geht auch ohne."
Das kleine Auto rollte über die Windungen bergab. Sonne im Gesicht – Sonne im Rücken – Sonne im Gesicht – es wechselte unaufhörlich.
Britt gab mehr Gas. Jetzt hatten sie die Sonne wieder im Gesicht.
„Britt!"
Anne schrie auf. Sie schoß von ihrem Sitz hoch, und in dem Augenblick, als der Wagen ins Rutschen kam, warf sie sich auf die Seite, über den Schlag hinweg, umschlang mit den Armen einen Steinblock, und in einer einzigen wahnwitzigen Sekunde war ihr, als würde das Auto unter ihr weggezogen.
Sie klammerte sich fest, kroch auf den Knien, schlängelte sich auf dem Bauch über den Straßenrand hinweg. Und dann lag sie im Straßenstaub und wimmerte wie ein krankes Tier.
„Britt! Britt!"
Irgendwo hatte sie Schmerzen. Es stach und piekte in der Seite. Ihre Hände bluteten. Etwas Warmes rann ihr über das Gesicht. Sie faßte sich an die Wange und die Stirn und

hatte das seltsame Empfinden, als sei es die Hand eines andern Menschen, die ihr über das Gesicht fuhr. Das war doch nicht sie, das war doch nicht die Anne, die hier auf einer staubigen Landstraße lag und blutete? Es war doch nicht wahr, daß Britt und das Auto über den Straßenrand gestürzt waren? Nein, das war nicht wahr! Sie träumte. Aber es war ein schrecklicher Traum. Jetzt wache ich gleich auf. Ja, jetzt wache ich bald auf.

„Jetzt wache ich auf", sagte sie plötzlich. Aber kaum hörte sie ihre eigene Stimme, da wußte sie, daß es Wirklichkeit war.

Autoräder streiften dicht an ihr entlang. Bremsen kreischten.

„Aber Herrgott ..."

Wagenschläge sprangen auf. Menschen sprangen durcheinander. Irgend jemand hob Anne auf. Sie stöhnte vor Schmerz.

Da hörte man eine Frau aufschreien.

„Gott im Himmel – seht doch dort ..."

Irgend jemand zeigte über den Straßenrand. Anne wischte sich Blut und Staub und Haarsträhnen von den Augen weg, folgte der Richtung des Zeigefingers.

Eine große weiße Sonne drehte sich rund und rund herum. Schneller und schneller. Immer weißer. Es brannte in den Augen. Und ihr war so übel. Sie mußte sich übergeben. Ja, sie mußte sich unbedingt übergeben. Die Sonne drehte und drehte sich, jetzt schwoll sie ab, jetzt füllte sie ihren ganzen Kopf, jetzt ...

Zum erstenmal im Leben verlor Anne das Bewußtsein.

Sie lag auf dem Rücksitz eines fremden Autos. Ihr Kopf ruhte in einem Schoß. Eine Hand wischte mit einem weißen Taschentuch über ihre Stirn. Und das Auto fuhr. Es fuhr schnell.

„Britt", sagte Anne.

„Pscht. Ganz still liegen", beruhigte eine fremde Stimme.

„Britt – was ist mit Britt – ihr müßt doch Britt helfen..."

„Jaja. Ganz ruhig sein. Jetzt müssen Sie vor allen Dingen zu einem Arzt."

„Aber Britt . . ."

„Jetzt nicht an Britt denken." Die Stimme machte eine Pause, sie mußte warten, sie mußte sich erst fassen: „Britt hat keine Schmerzen."

Da öffnete Anne ihre Augen und schaute in ein fremdes Gesicht. Ein Paar fremde Frauenaugen, die voll Tränen standen.

Da wußte Anne, was geschehen war.

Sie sagte nichts mehr. Das Auto fuhr. Endlos. Endlos.

Dann hielt es. Jemand half ihr hinaus, stützte sie.

Weißes Arztzimmer. Blanke Instrumente, weiße Schürzen. Jemand zog sie aus. Geübte, leichte Arzthände drückten, untersuchten. Tut es dort weh? Dort? Zeigen Sie, wo es wehtut.

Ein breites Pflaster, das sich in der Haut festsog. Jemand sagte: „Gebrochene Rippe."

„Beißen Sie die Zähne zusammen – es ist gleich vorüber."

Irgend etwas riß und stach und zog die Stirnhaut straff. Anne biß die Zähne zusammen. Noch einmal. Der Schweiß sickerte auf ihrer Haut hervor.

Weiße Binde um den Kopf.

„So. Jetzt werden Sie nach Haus und ins Bett gebracht. Hier ist eine Schlaftablette. In ein paar Tagen ziehen wir die Fäden heraus. Sie sind noch billig weggekommen."

Wieder ins Auto. Jemand fragte nach dem Namen und der Adresse.

„Und Britt?"

Anne heftete ein Paar große, angstvolle Augen auf die Fremde.

„Ihre Angehörigen werden unterrichtet."

Erst als das Auto anhielt, fiel Anne die Großmama ein.

„Bitte gehen Sie zu Frau Unndal hinauf und sagen Sie Lore, sie möchte herunterkommen", sagte sie plötzlich klar und deutlich. „Sagen Sie nichts davon – nicht sagen, daß ich einen Unfall gehabt habe. Versprechen Sie mir das. Bitte!"

„Ja", sagte die Fremde.

Lore kam heruntergerannt.

„Aber Anne, was hast du denn gemacht? O Himmel, du Armes, tut es weh? Seid ihr an einen Baum gefahren, Anne? Komm, ich helf dir ..."

„Lore", sagte Anne fest. „Schweig jetzt und hör mich an. Geh zu Großmama rauf und sag ihr – lächle dabei und mach keine große Geschichte draus, denk an Großmamas Herz! Sag, daß ich vom Baum gefallen bin. Ich hätte Kätzchen pflücken wollen – daß ich zum Polizeiarzt mußte und eine Binde um den Kopf habe. Sag einfach nur, du wolltest es ihr vorher sagen, damit sie keinen zu großen Schrekken bekommt, wenn sie mich sieht. Kannst du das machen, Lore?"

„Ist es nichts Schlimmeres? Ja dann! Das hätte ja viel schlimmer werden können! Ich bin auch mal genäht worden, du auch? Da ..." Lore zeigte stolz auf eine kleine Narbe an der Stirn.

Die Fremde half Anne die Treppe hinauf. Vor der Wohnungstür riß sie sich zusammen und versuchte, einen Dank zu stammeln.

„Lassen Sie das jetzt, das ist unwichtig. Können Sie nun allein?"

„Ja natürlich. Tausend Dank. Tausend, tausend Dank. Doch. Jetzt schaff ich's allein."

Dann ging Anne zu Großmama hinein.

„Liebes Kind, was muß ich von dir hören! Du bist doch auch ein furchtbar unvorsichtiges Gör. Du solltest was mit der Rute haben ..." Da sah Großmutter Annes Augen und wurde ernst.

„Anne, mein Kind – komm mal her ..."

Anne sank in den Sessel neben Großmamas Couch.

„Autounfall?" fragte Großmama.

„Ja."

„Und Britt?"

Ein krampfhaftes Schluchzen erschütterte Annes Brust.

„Anne – antworte mir, was ist mit – *Britt?* – Anne – ist sie ..."

„Ja, Großmama."

## *Das Leben geht weiter*

Lore hatte Anne zu Bett gebracht, hatte gefragt, ob sie etwas essen wolle, aber Anne machte nur eine abwehrende Bewegung. Dann rollte Lore den Vorhang herunter, so daß der Raum im Halbdunkel lag.

Anne hatte nur einen Wunsch: Schlafen, schlafen, schlafen. Stunden, Tage hintereinander. Dieser Hölle durch Schlaf entfliehen.

Da fiel ihr die Tablette ein, die ihr der Arzt gegeben hatte. Sie nahm sie und lag bald darauf in einem Halbschlummer. Eine Stunde später schlief sie schwer und tief. So tief, daß sie nicht hörte, wie Großmama ein Telefongespräch nach Kopenhagen anmeldete.

Die Sonne stand hoch am Himmel, als Anne erwachte. Sie hatte fünfzehn Stunden hintereinander geschlafen.

Sie taumelte aus dem Bett und öffnete die Tür ins andere Zimmer. Dort saß Lore an Großmamas Bett und frühstückte. Ein Schlafsack lag zusammengerollt auf dem Fußboden.

„Bist du wach, Anne? Leg dich gleich wieder zu Bett! Ich werd dir Essen bringen."

„Ich kann sehr gut aufstehen."

„Bleib im Bett, Anne", sagte Großmama, sanft, aber sehr bestimmt. „Später darfst du aufstehen. Du darfst ins Badezimmer gehen und dich waschen und ein wenig zurecht machen, aber dann marsch wieder ins Bett zurück."

„Ja, Großmama", sagte Anne gehorsam.

Lore war eine geschickte und drollig eifrige kleine Krankenschwester. Sie rollte den Vorhang hoch, öffnete das Fenster und räumte auf, machte sauber und brachte Anne ein leckeres kleines Frühstücksbrett.

„Wie gut du das kannst, Lore", sagte Anne. „Und wie lieb du bist", fügte sie hinzu.

„Ja, was hätten wir ohne Lore tun sollen", sagte Großmama aus der andern Stube. Die Tür zwischen den beiden Räumen stand offen.

Es läutete an der Wohnungstür. Lore ging hinaus, um zu öffnen. Gleichzeitig schloß sich die Tür zu Großmamas Zimmer.

Leise Stimmen draußen im Korridor. Dann klopfte es an Annes Tür.

Sie zuckte zusammen. O Gott – wenn es bloß nicht Britts Vater war – sie konnte nicht – noch nicht ...

„Herein ..."

In der offenen Tür stand ein Mann. Ein großgewachsener, schlanker dunkler Mann. Aber Herr Sander war es nicht. Es war ...

„*Jess!*" schrie Anne. Sie richtete sich auf, kippte die Kaffeetasse um, und im nächsten Augenblick war sie von Jess' Armen umschlungen, und ihr Kopf lag an Jess' Brust.

Endlich kamen die Tränen.

Es dauerte lange, bis sie sprechen konnte. Anne weinte und weinte, weinte sich an Jess' Brust satt und müde.

Als das Weinen endlich weniger wurde, lockerte er behutsam seinen Griff um sie und legte ihren Kopf auf das

Kissen. Er setzte sich neben ihr Bett mit ihrer Hand in der seinen.

„Jess – wie – warum – wann ..."

„Frau Unndal hat mich gestern angeläutet. Ich habe den Nachtzug nicht mehr bekommen, und da habe ich das erste Flugzeug heute morgen genommen."

„Jess – hat sie denn erzählt, was ..."

„Ja, Anne. Und sie sagte – was mir übrigens ganz klar war – daß du mich jetzt brauchtest und daß ich kommen müßte."

„Ja, Jess. Dich brauchte ich. Nur dich. Liebster —" Sie legte seine Hand an ihre Wange.

„Wie geht es dir, Anne? Ich meine, deinem zerschundenen Körper? Denn wie es dir sonst geht, kann ich mir schon denken."

„Ach, ich bin ja schrecklich gut weggekommen, Jess. Nur ein paar Stiche im Kopf und eine gebrochene Rippe, glaube ich. Aber Jess – Britt ..."

„Ich weiß es, Anne."

„Aber du weißt nicht, warum. Du weißt nicht, wie trostlos es um Britt stand. Wäre sie nicht so außer sich gewesen – und hätten die Tränen sie nicht geblendet ..."

„Sprich nicht darüber, wenn es dir schwer wird, Anne."

„Ich muß darüber sprechen. Ich muß es jedenfalls einem Menschen erzählen. Und zwar dir."

Dann erzählte sie, leise, schnell, von Weinen unterbrochen. Jess saß still da, lauschte und strich ihr unablässig über die Hand.

„Und dann, weißt du, Jess – dann bogen wir um die Kurve, und da hatten wir die Sonne gerade im Gesicht. Britt hatte keine Sonnenbrille auf, und da – passierte es. Ich sah es – ich glaube, ich sah es kommen – ich muß mich rausgeworfen haben, oder ich bin gesprungen – nein, ich muß mich rausgeworfen haben. Und dann war da ein Steinblock und dann – dann verschwand das Auto in die Tiefe – und Britt schrie, Jess – o Gott, dieser Schrei –" Anne war weiß im Gesicht.

„Hör zu, Anne", sagte Jess, und seine Stimme war so zart, wie Anne sie noch nie gehört hatte. „Was du mir jetzt erzählt hast, das muß Britts Geheimnis bleiben. Du und ich, wir werden darüber schweigen. Du wirst natürlich von der Polizei vernommen werden, das ist unvermeidlich. Aber halte an der Erklärung fest — sie ist ja auch wahr —, daß die Sonne euch geblendet hat, und daß ihr keine Sonnenbrillen mithattet. Es ist ja auch alles ganz und gar richtig. Warum sollst du das Seelenleben der kleinen armen Britt vor Fremden nach außen stülpen?"

„Nein, Jess, natürlich. Du hast recht. Ich habe an die polizeiliche Vernehmung gar nicht gedacht. Das kommt auch noch – natürlich!"

Sie lag still und starrte vor sich hin.

„Und dann kommt sicher Britts Vater zu mir. Ach Jess, ich habe solch schreckliches Grauen davor, ihn zu sehen."

„Armer Mann. Und Britts arme Mutter."

Es pochte an der Tür, und Lore kam herein.

„Ich sollte von Großmama fragen, ob du nicht Frühstück haben willst, Jess."

Jess lächelte in die braunen Kinderaugen hinein. Die kleine Lore, sie sagte ganz einfach Jess und du.

„Tausend Dank, Lore. Das möchte ich schon – im Flugzeug habe ich nur eine Tasse Kaffee getrunken. Soll ich..."

„Ich bring dir ein Teebrett hierher, wenn du nicht reinkommen und Großmama guten Tag sagen willst."

„Aber das versteht sich doch von selbst. Deiner fabelhaften Großmama will ich natürlich guten Tag sagen."

Anne steckte die Beine aus dem Bett, zog sich den Bademantel über und schlüpfte in die Hausschuhe.

„Kleine Anne", sagte Großmama und reichte ihr beide Hände, drückte sie und schaute Anne mit einem Blick an, der von Güte und Verständnis leuchtete.

Dann richtete sie ihre klaren Augen auf Jess.

„Und das ist Jess, sieh an", sagte sie, und ihre Stimme war jung und volltönend. „Ich bin froh, daß Sie gekommen sind, Jess." Ihre Augen wanderten von Jess zu Anne, von Anne zu Jess.

„So seht ihr also zusammen aus", sagte sie mit einem Lächeln. „Jess und Anne. Wie freue ich mich, daß ich euch beide hier bei mir habe."

Dann brachte Lore den Kaffee.

Anne zog sich an. Jess sammelte Kissen zusammen und bettete sie bequem in einem Sessel. Die Tür zwischen den beiden Räumen stand offen. Jess ging hin und her, bald war er drinnen und unterhielt sich mit Großmama, bald war er bei Anne. Als sie Mittag essen wollten, wurde bei Großmama gedeckt. Jess half Lore beim Kartoffelschälen und Tischdecken und Geschirrabtrocknen. Lore verschlang ihn mit den Augen und beschloß im stillen, Gregory Peck den Laufpaß zu geben.

„Wo wohnst du hier in der Stadt, und wie lange bleibst du?" fragte Anne.

„Zunächst wohne ich noch nirgends, aber ich werde bei Jörgensen unterkommen können. Ich läutete ihn gestern gleich an, nachdem ich mit Großm ... mit Frau Unndal gesprochen hatte."

Großmama lachte. „Sagen Sie ruhig Großmama, Jess", sagte sie. „Das tun alle."

Das Telefon läutete.

Großmama antwortete, sagte ein paarmal „ja gewiß" und „doch" – dann: „Sie können selbst mit ihr sprechen." „Die Polizei, Anne –", sie reichte ihr den Hörer.

Eine nette, freundliche Männerstimme war am Apparat. Es tue ihm leid, sie belästigen zu müssen, aber er müsse leider ihre Erklärung haben. Ob sie sich kräftig genug fühle, zur Polizeiwache zu gehen? Oder ...

„Ach doch", sagte Anne. „Morgen schaffe ich es sicher."

Jess begleitete sie am nächsten Tag hin. Sie mußte eine genaue Schilderung geben. Ihr wurden ein Foto und eine Karte von der Straße gezeigt. Sie beschrieb das Unglück, so gut sie konnte.

„Ist Fräulein Sander sonst eine sichere und geübte Fahrerin gewesen?" fragte der Polizist.

„Ja", sagte Anne. „Geübt und sicher. Aber hier – mit einemmal, als wir um eine Kurve bogen, da schien die Sonne ihr gerade ins Gesicht, und dann ..."

„Ich verstehe." Der Polizeibeamte schrieb Annes Erklärung sorgfältig auf.

„Und dann hat sie die nächste Kurve quer abgeschnitten ..."

„Sie muß sie ganz einfach nicht gesehen haben", sagte Anne. „Denn das Auto schnitt sie ja von links ab."

„Das stimmt, allerdings. Nein, sie hat die Kurve einfach nicht gesehen."

Noch ein paar Fragen, ein paar kurze Antworten. Dann durfte Anne gehen.

Alles war so unwirklich. Die österlich stillen Straßen. Daß sie hier mit Jess zusammenging – daß Jess leibhaft neben ihr ging und ihren Arm fest an sich gedrückt hielt – und daß Britt fort war. Daß Britt, die vor zwei Tagen dagesessen und Anne erzählt hatte – daß Britt jetzt – wo war sie jetzt? Lag sie zu Hause? Stand jetzt ein weißer Sarg in der großen Halle – oder ...

Anne schauderte es plötzlich.

„Anne, liebes – weißt du, daß wir heute zum ersten Mal Arm in Arm über die Straße gehen?"

„Ja, denk nur, das ist wahr!"

„Weißt du noch Weihnachten vor zwei Jahren, Anne? Da trafen wir uns zufällig – hier – genau an dieser Ecke. Vor diesem Schaufenster, indem ich mir Fausthandschuhe ansah."

„Und du ludst mich in eine Konditorei ein."

„Das tue ich jetzt auch."

Sie fanden denselben Tisch wie damals, und Jess bestellte Schokolade – wie damals.

„Zwei Tage später war Heiligabend. Was war es für ein herrlicher Abend, Jess!"

„Habe ich dir eigentlich jemals erzählt, was Mutter sagte, als du an dem Abend gegangen warst?"

„Nein?"

„Ich dürfte es natürlich gar nicht verraten, aber – ja, als ich dich nach Haus gebracht hatte und wieder zurückkam, waren Mutter und Vater zu Bett gegangen, und da riefen sie mich nochmal. Ich fragte sie, was in aller Welt sie so mitten in der Nacht von einem müden Teufel noch wollten, und da sagte Mutter: Wenn du jemals die Absicht hast, uns eine Schwiegertochter zu bringen, Jess, dann haben wir beide nichts gegen die Probe, die du uns heute gezeigt hast!"

Da mußte Anne lachen. Trotz- und alledem.

Jess blieb über Ostern in der Stadt. Er kam täglich am frühen Vormittag zu Anne, blieb entweder den ganzen Tag über bei ihr und Großmama zu Haus, oder sie zogen beide ins Freie und überließen Lore die Pflichten. Großmama war einzig. Von Übereinkünften und kostenloser Miete und was Anne sonst noch vorzubringen hatte, wollte sie nichts hören.

„Herrgott, bleiben wir doch Menschen, Kinderchen", sagte die alte Dame. „Soll ich daliegen mit dem Blick auf die Uhr und nur daran denken, daß meine Hausangestellte dies und jenes zu tun verpflichtet ist auf Grund einer Abmachung vom fünfzehnten vorigen Monats?"

„Es war der achte Februar, Großmama."

„Jetzt mach, daß du fortkommst, du freches Gör. Hinaus in die Sonne mit Jess! Ihr dürft zum Mittagessen wieder da sein. Der Himmel mag wissen, was Lore für uns zusammenschmurgelt. Ich habe nach den Proben, die Lore mir vorgesetzt hat, so meine Bedenken wegen des Haushaltsunterrichts in den höheren Schulen."

„Aber Großmama – du darfst nicht vergessen, daß ich nun mal deine Hausangestellte *bin,* und daß ..."

„Und dann wollen die alle behaupten, *ich* sei eigensinnig!" stöhnte Großmama. „Jess, überlegen Sie sich's noch einmal, heiraten Sie diesen fürchterlichen Bock lieber nicht! Raus mit euch, Kinder, wenn ich jetzt nicht meinen Willen bekomme, dann krieg ich wieder einen Anfall, und dann seid ihr schuld!"

Da blieb dann nichts weiter übrig, als nachzugeben.

Anne erholte sich. Sie hatte es nötig, ein paar Tage von der Lernerei und der ganzen übrigen Arbeit auszuspannen, und sie genoß jede Sekunde, die sie mit Jess zusammen hatte.

Eines Tages wurde sie gebeten, zu Herrn Sander heraufzukommen. Sie war eine ganze Stunde bei ihm. Auf seine Fragen antwortete sie dasselbe, was sie der Polizei gesagt hatte.

Sander war fahlgrau im Gesicht und fast nicht wiederzuerkennen. Aber er war völlig gefaßt.

Er geleitete sie hinaus.

„Ich kann noch nichts sagen, Anne, ich –" er hielt sie zurück. „Warten Sie eben mal –", er ging zur Garderobe und holte etwas.

„Schauen Sie her, Anne. Nehmen Sie diesen mit. Britt hatte Sie so lieb, und sie würde es sicher gern gesehen haben ..." Er brach ab, nickte und schob Anne beinahe hinaus.

Die Tür fiel hinter ihr zu, und da stand sie mit Britts Nutriamantel über dem Arm.

*

Bei der Beerdigung setzte sie sich in der Kapelle weit zurück, um sich den neugierigen Blicken zu entziehen. Jess saß neben ihr, und seine Nähe tat ihr wohl.

Herrn Sander begrüßte sie scheu und stumm.

Frau Sander sah sie nicht.

Dann trat sie mit Jess zusammen in die Lenzsonne hinaus. Das Leben ging weiter.

## *Abschluß und Abschied*

Jess war abgefahren.

Diesmal war der Abschied nicht so schwer. Denn jetzt wußten beide, daß sie bald wieder zusammen sein würden. In zweieinhalb Monaten war Anne mit der Schule fertig – und dann wollte sie spornstreichs nach Kopenhagen fahren.

Die einzige, die bei dem Gedanken an Annes Reise nicht recht froh war, das war die Großmama.

„Wenn du doch wenigstens eine Zwillingsschwester hättest, die dich ablösen könnte!“ seufzte Großmama.

Eine Zwillingsschwester konnte Anne nicht herbeizaubern, aber der Zufall wollte es, daß sie Großmama trotzdem helfen konnte.

Sie bekam eines Tages einen langen Brief von der Mutter – ungewöhnlich lang, denn es war die Antwort auf Annes Bericht über das Autounglück und Britts Tod.

Mutter Kristina schrieb in ihrem üblichen knappen Stil mit den kurzen Sätzen. Aber Anne kannte ihre Mutter. Sie las zwischen den Zeilen die Wärme und das Mitgefühl, das ihr aus dem Brief entgegenströmte.

Zuletzt schrieb die Mutter von dem wenigen Neuen, das sie aus dem Ort wußte.

„Und Eldrid auf Brat möchte in die Stadt, um die Handelsschule zu besuchen. Sie weiß ja, wie du es in diesen Jahren gemacht hast. Da hatte sie die Idee, ob Du ihr vielleicht zu einem Zimmer verhelfen könntest. Sie will genau wie Du etwas Hausarbeit dafür machen. Lohn braucht sie nicht, denn ihr Vater kann ihr ja Geld schicken. Es ist eben nur die Schwierigkeit mit dem Wohnen!"

Anne redete mit Großmama.

„Hm", sagte Großmama, „wie ist diese Eldrid?"

„Ein frisches Mädchen", versicherte Anne. „Tüchtig im Haushalt und nett. Ich kenne sie gut, wir sind zusammen in die Schule gegangen."

„Du könntest sie also empfehlen?"

„Ja, Großmama, das könnte ich."

„Aber sag mal", Großmama warf ihr einen schelmischen Blick aus den Augenwinkeln zu. „Würdest du *ihr* empfehlen, zu *mir* zu kommen?"

Anne lächelte.

„Aber gewiß, Großmama. Das würde ich tun. Nur wäre es vielleicht ganz gut, sie sanft vorzubereiten! Du bist ja 'n bißchen anders als die meisten andern Leute, Großmama."

„Du meinst, ich bin nicht ganz so korrekt und formell wie andere?"

„Ganz recht. Und dann bist du – nein, das getraue ich mich nicht zu sagen; aber was sagen deine Verwandten von dir?"

„Daß ich ein Trotzkopf bin. Das weiß ich. Gut, Anne, dann schreib an die Eldrid und bereite sie auf alles Mögliche vor. Wir versuchen es eben. Und dann muß ich wohl dreinwilligen und meinen vermaledeiten jungen Leuten nachgeben, die mich im Sommer mit aufs Land nehmen wollen. Damit wäre ja alles in schönster Ordnung, denn Eldrid muß ja wohl Ende August oder so in die Stadt kommen."

„Die vermaledeiten jungen Leute" – die Großmama heiß und innig liebte – waren Lores Eltern.

Anne schrieb an Eldrid, und die Angelegenheit wurde geregelt.

Es war auch für Anne eine Erleichterung. Denn sie hatte Großmama fest in ihr Herz geschlossen und fand den Gedanken abscheulich, sie wieder sich selbst überlassen zu müssen, mit irgendeiner Vormittagshilfe.

Die Angehörigen waren begeistert. Vor allem Sohn und Schwiegertochter, aber auch die Neffen und Nichten, die hin und wieder einmal hereinschauten. Es waren meist jüngere Menschen, die zu Großmama kamen.

„Mein eigener Jahrgang stirbt dahin", sagte sie immer. „Aber die Jungen halten treu zu mir. Kannst du verstehen, daß sie sich was daraus machen, so 'ne närrische Alte zu besuchen, wie ich eine bin, und immer lieg ich hier in meiner ewigen Ecke?"

„Gott behüte, wie du fischen kannst, Großmama", lachte Anne.

Annes gebrochene Rippe heilte schnell. Bald hatte sie keinerlei Beschwerden mehr. Nach den Osterferien kam sie mit einer roten Narbe auf der Stirn in die Schule. Die Klassenkameraden sahen sie scheu und stumm an. Sie wußten, was sie durchgemacht hatte, und einige kamen zu ihr und drückten ihr die Hand.

Nun begann der krampfhafte Endspurt für das Examen.

Anne arbeitete systematisch und intensiv, ohne Nervosität. Sie hatte Ruhe zur Arbeit, wirkliche Ruhe, zum ersten Mal, seit sie dies Budenleben angefangen hatte.

Sie hatte soviel Geld von ihren Einkünften aus dem Schuhgeschäft gespart, daß sie die Examensgebühr entrichten konnte. Diese war nicht in der Freistelle einbegriffen. Als die Gebühr bezahlt war, hatte sie allerdings nicht mehr viel übrig, aber jetzt wollte sie nicht an Geld denken. Es würde sich schon alles regeln lassen. Wenn sie nur erst ihr Examen hatte, dann –

Britts kostbarer Pelz hatte freilich beträchtlichen Wert. Aber sie wollte ihn nicht verkaufen. Nicht darum hatte Herr Sander ihn ihr geschenkt. Die kleine Anne Schulmädchen mit der Baskenmütze und den gestrickten Fausthandschuhen und gestopften Strümpfen konnte freilich einen Nutriapelz nicht gebrauchen; das war nun einmal so. Aber Frau Jess Daell konnte es eher. Und der Pelz hing in einem mottensicheren Überzug in Großmamas Schrank und wartete auf die Stunde, da er Frau Anne Daell zieren und wärmen sollte.

Anne erhielt einen Brief.

Sie drehte und wendete ihn hin und her, ehe sie ihn öffnete. Die Adresse war mit Schreibmaschine geschrieben. Der Absender war eine bekannte Autofirma.

Sie hatte keine Ahnung, was das bedeuten sollte, und machte den Umschlag endlich auf. Außer einem kurzen

Brief lag ein langes, schmales, hellgrünes Papier und ein kleiner versiegelter Briefumschlag darin.

Dann las sie:

„Im Auftrage von Herrn Reedereibesitzer Sander gestatten wir uns, Ihnen einen Scheck über Kr. zweitausenddreihundert zu überreichen. Herr Sander hat uns beauftragt, den Wagen seiner verstorbenen Tochter zu verkaufen. Obwohl das Auto durch den Unfall stark beschädigt war, gelang es uns, die oben genannte Summe dafür zu erzielen. Ehe Herr Sander seine Reise ins Ausland antrat, hinterließ er uns einen Brief, der Ihnen zugleich mit dem Erlös aus dem Verkauf des Autos zugehen sollte.

Der Brief ist beigefügt.

Hochachtungsvoll . . ."

Anne blieb sitzen, völlig sprachlos. Sie starrte auf den sachlichen maschinegeschriebenen Brief, auf den Scheck mit der märchenhaften Summe – und auf das kleine versiegelte Briefkuvert.

Dann erbrach sie auch dies.

Eine kleine Karte lag drin.

„Liebe Anne! Sie verstehen sicherlich, daß ich dies Geld nicht haben will. Seien Sie so nett und nehmen Sie es als Geschenk von Britt an. Sie hat Sie sehr gern gehabt. Danken Sie mir nicht dafür. Es ist nicht von mir, sondern von Britt. Ich fahre ins Ausland und werde fürs erste nicht zu erreichen sein. Ich danke Ihnen für alles.

Ihr Wilhelm Sander."

Ihr liefen die Tränen über das Gesicht.

So war es zuguterletzt doch Britt, die ihr helfen sollte. Britt, die ihr eine Studienanleihe angeboten hatte. Die kleine Britt, die jetzt unter einem weißen Marmorstein ruhte.

Kleine Britt ...

Anne ging zu Großmama hinein. Wortlos reichte sie ihr den Brief, den Scheck und Herrn Sanders Karte.

Großmama las alles und wischte sich die Augen.

„Liebe kleine Anne ...“, sagte sie und ergriff ihre Hand, „wie gut begreife ich Herrn Sander. Ja Anne, dies Geld kannst du ohne Gewissensbisse annehmen. Und denk nur, was es für dich bedeutet!“

„Ja“, sagte Anne, „es bedeutet furchtbar viel für mich. Aber – aber ...“, dann senkte sie den Kopf und brach in Tränen aus.

Großmama strich ihr übers Haar. Großmama verstand sie. Jetzt wie immer.

Am nächsten Tage hob Anne das Geld ab. Zweitausend Kronen zahlte sie auf ein Bankkonto ein. Dann ging sie in ein Blumengeschäft und kaufte eine Flut roter Rosen. Nach dem Preis fragte sie nicht. Sie legte einen Hundertkronenschein hin und zählte das Geld nicht nach, das sie herausbekam.

Die Verkäuferin blieb stehen und sah dem blassen jungen Mädchen in dem abgetragenen Mantel nach. Sie schüttelte den Kopf. Was es mit dieser Kundin für eine Bewandtnis hatte, konnte sie sich nicht zusammenreimen.

Die roten Rosen flammten und glühten vor dem weißen Marmor und verdeckten teilweise die Inschrift. Nur die goldenen Buchstaben des Namens BRITT waren zu sehen.

Anne stand am Grab und hatte die Hände in den Manteltaschen fest geballt.

„Danke, Britt“, flüsterte sie.

Die Tage flogen dahin, Anne lernte und versah zu Haus bei Großmama ihre Arbeit. Nur den Freitagsjob im Schuhgeschäft hatte sie aufgegeben.

Dann kam die Examenszeit.

Ruhig ging Anne an ihre Aufgaben, ruhig und ausgeglichen, ausgeruht und gut aufgelegt. Großmama paßte auf wie ein Schießhund, daß sie in dieser Zeit genügend Schlaf bekam. Sie überzeugte sich mit eigenen Augen davon, daß Anne tagtäglich ein Ei aß und zwei große Glas Milch trank.

„Ich ruiniere dich, Großmama“, sagte Anne.

„Schweig still und iß“, war Großmamas ständige Antwort.

Das schriftliche Examen war vorüber, der mündliche Teil folgte. Ohne Angst, ohne Lampenfieber.

Dann kam das Ergebnis. Anne war unter den dreien, die in der Zeitung namentlich aufgeführt wurden.

Eine von den dreien, die ein „Ausgezeichnet“ im Hauptzeugnis erhalten hatten.

Sie ging zum Postamt und gab zwei Telegramme auf. Das Telegramm nach Möwenfjord wurde teuer, denn in dem Preis war das Motorboot für den Telegrafenboten einbegriffen.

Aber sie konnte es sich leisten.

Ehe sie nach Kopenhagen fuhr, schickte sie ein riesiges Paket nach Möwenfjord. Jetzt kaufte sie alles ein, was sie der Mutter und den Geschwistern aus der Stadt schicken zu können in diesen Jahren sich gewünscht hatte. Mutter bekam wollene Unterwäsche, leicht und fein wie Spinngewebe und herrlich warm. Sie bekam pelzgefütterte Hausschuhe und einen erstklassigen Kleiderstoff. Die andern wurden ebenfalls reichlich bedacht.

Als Anne dann ihre Fahrkarte und die Devisen geholt, sich selbst ein Kostüm, einen Hut, einen Badeanzug und zwei Sommerkleider gekauft hatte – da war ihr Bankkonto beträchtlich zusammengeschmolzen. Aber das machte nichts. Sie wußte: jetzt konnte sie jederzeit eine gute Anstellung finden. Von jetzt ab war sie in der Lage, sich ganz und gar selbst zu versorgen.

Noch wollte sie sich nicht entscheiden, was sie tun würde. Zuallererst mußte sie mit Jess und seinen Eltern reden und sich auch bei Mutter Kristina Rat holen.

Zunächst waren sich alle miteinander über eins einig, nämlich, daß Anne jetzt Ferien haben *mußte*. Es war höchste Zeit!

So nahm sie denn gerührt Abschied von der Großmama, den „vermaledeiten jungen Leuten“ und von Lore.

Mit klopfendem Herzen und blitzenden Augen ging sie an Bord des Kopenhagener Dampfers.

## *Glück will verdient werden*

Der Sommer neigte sich seinem Ende zu.

Er war vom ersten Augenblick an wie ein Märchen gewesen. Von dem Augenblick an, als das Schiff am Kai festmachte und Anne ganz vorn an der Kaimauer Jess erspähte – Jess mit einem riesengroßen Willkommensstrauß und vom einen bis zum andern Ohre lachend!

Es war ein Märchen, zu Onkel Herluf und Eva nach Haus zu kommen. Die lieben, altbekannten Möbel und Dinge wiederzusehen. In Jess' Zimmer einquartiert zu werden – Annes Proteste nützten nichts.

„Ich schlafe im Musikzimmer ebensogut", sagte Jess. „Und du brauchst Ruhe und mußt ungestört sein und morgens lange schlafen und im Bett Kaffee trinken."

„Sind wir nicht vornehm geworden – mit unserem Musikzimmer?" lachte Eva. „Wir mußten aus der Not eine Tugend machen, wir konnten keine kleinere Wohnung finden und mußten daher eine große nehmen!"

Es war ein Märchen, mit Jess durch Kopenhagen zu schlendern. Die Museen, der Zoologische Garten, der Tiergarten und der Vergnügungspark draußen, das Tivoli, die großen Warenhäuser ... Anne genoß alles mit weitoffenen Augen und vollem Herzen.

Aber das größte Erlebnis war es wohl doch, als sie mit Jess zum Juwelier ging und die Verlobungsringe kaufte ...

Die Tage flogen dahin und wurden zu Wochen, und die Wochen zu Monaten.

Anne hatte mit ihren Schwiegereltern über ihre Zukunftspläne gesprochen. Sollte sie wieder nach Norwegen zurückgehen und vorläufig eine Bürostellung annehmen? Oder sollte sie eine Stellung in einem Kopenhagener Haushalt annehmen? Solchen Posten konnte sie mit Leichtigkeit finden. Da hatte sie reichliche Auswahl, und *was* für Posten! Zimmer mit Radio, Zimmer mit eigenem Bad, dreihundert Kronen im Monat, ab neunzehn Uhr frei ... Die lockenden Versprechungen in den Zeitungsannoncen nahmen schier kein Ende.

Aber eines Tages fand sich etwas noch Verlockenderes: „Größere Firma mit Verbindungen in Norwegen sucht norwegische Korrespondentin zum 1. 11. Kenntnisse in Stenografie erforderlich. Bewerberinnen mit deutschen und englischen Kenntnissen bevorzugt. Vorzustellen Montag zwischen zehn und zwölf ..." und dann die Adresse.

„Anne!" rief Jess. „Hier liegt unsere Zukunft!"

Anne las die Anzeige immer wieder. Ja, wenn *diese* Stellung nicht für sie gemacht war ... Wenn sie sich bewarb, hatte sie ausgezeichnete Aussichten, sie zu bekommen. Sie mit ihrem „Summa cum ..." im Abitur und ihrem „Ausgezeichnet" im Hauptzeugnis von der Höheren Handelsschule.

„Ich bewerbe mich natürlich", sagte Anne. „Zu dumm nur, daß ich bis Montag warten muß."

An diesem Abend gab es eine lebhafte Unterhaltung in der gemütlichen Wohnstube. Und der am meisten redete, war Jess:

„Du weißt – und ihr andern wißt es auch", begann er, „daß ich dies Jahr im Grunde gut bestanden habe. Das müßt ihr zugeben. Ich habe ein paar Sachen im Rundfunk gehabt, ich mußte oft begleiten, und die kleinen Sachen, die ich geschrieben habe, sind auch verkauft worden. Aber das beste von allem ist unsere Operette, die Weihnachten uraufgeführt wird. Nicht wahr, Vater, wir dürfen es Anne jetzt verraten, daß ich die allerbesten Aussichten für ein Stipendium habe? Gut! Also, *wenn* ich das Stipendium bekomme – ich bin dann allerdings verpflichtet zu reisen –, dann – dann heiraten wir, Anne! Wir heiraten im September und gehen ins Ausland. Dann kommen wir noch eben zur rechten Zeit nach Haus, daß du deine Stellung zum 1. November antreten kannst – denn es ist sonnenklar, daß du sie bekommst."

Anne schwindelte der Kopf. Eine Reise ins Ausland mit Jess – in einem Monat heiraten – eine Stellung als norwegische Korrespondentin – ihr wurde wirbelig vor den Augen. Sie konnte nichts erwidern.

Aber Onkel Herluf antwortete für sie:

„Ja Jess, ich habe gegen deinen Plan nichts einzuwenden. Er setzt allerdings zwei wesentliche Dinge voraus: Daß du das Stipendium bekommst, und daß Anne die Stellung erhält."

„Aber Vater, mit beidem können wir doch mit ziemlicher Wahrscheinlichkeit rechnen. Das mußt du doch selbst zugeben, wie nüchtern du diese Dinge auch ansehen magst."

„Ja", nickte Onkel Herluf. „Du weißt, ich habe hier und da ein bißchen meine ‚inside information', und das mit dem Stipendium – ich glaub schon, daß du ziemlich sicher darauf rechnen kannst."

„Da siehst du selber. Und was meinst du, Anne? Wollen wir heiraten? Im September? Sozusagen gleich vom Konzertsaal zum Standesamt? Willst du?“

„Jess – du weißt, es gibt nichts in der Welt, was ich lieber möchte. Aber wir müssen doch an die Aussteuer denken – und eine Wohnung – und . . .“

„Ach was?“ sagte Jess. „Wir fahren ja weg. Und irgendein Mauseloch werden wir doch immer finden, wo wir wohnen können, und die paar Handtücher und Decken, die wir brauchen . . .“

„. . . und Stühle und Betten und Tisch und Kommode und Klavier . . .“ vollendete Anne den Satz.

„Puha, brauchen wir so viel? Ich glaube, daß ich die paar Kleinigkeiten immer von meinem Operettenhonorar bezahlen kann, und . . .“

„Ich kann dich übrigens beruhigen, ich hab zu Haus eine ganze Aussteuertruhe stehen“, lachte Anne. „Mutter ist darin ganz altmodisch, weißt du. Die Töchter sollen eine fertige Aussteuer haben für alle Fälle. Bettzeug und Handtücher hab ich genug, Jess.“

„Du bist ja eine gute Partie, Anne! Ehrlich gesagt – wollen wir? Wollen wir es wagen? Mit zwanzig und einundzwanzig Jahren heiraten – und es drauf ankommen lassen?“

Anne warf einen Blick auf ihre Schwiegereltern. Einverständnis und Zustimmung leuchteten aus beiden Augenpaaren.

Dann wanderten ihre Augen zu Jess.

„Ja“, sagte Anne.

*

Am nächsten Morgen lag ein Brief von Mutter Kristina auf dem Kaffeetablett. Jess hielt eigensinnig daran fest, daß Anne jeden Morgen den Kaffee im Bett trinken sollte, und er selbst brachte ihn ihr.

Der Brief war lang, und als Jess seiner Anne den Gutenmorgenkuß gegeben, ihr Sahne in den Kaffee gegossen und das Käppchen vom weichgekochten Ei abgehoben hatte, ließ er sie allein, damit sie den Brief in Ruhe lesen könne.

Sie las ihn einmal, sie las ihn zweimal. Der Kaffee wurde kalt, und das Ei blieb unangerührt.

In ihr wühlte irgend etwas. Forderte Klarheit. Irgend etwas mußte gründlich durchdacht und hergenommen und erwogen werden.

Es war das Pflichtgefühl, das anpochte. Das Pflichtgefühl, wie es seit Generationen den Leuten auf Möwenfjord innewohnte.

Anne war froh, daß Jess heute morgen in eine Probe mußte. Denn nie in ihrem Leben hatte sie das Alleinsein so nötig gehabt wie gerade jetzt. Ruhe zum Denken. Ruhe, sich zu entscheiden.

Anne stand auf. Obwohl es ein leuchtend sonniger Tag war, hatte sie das Gefühl, als ballten sich graue Wolken über ihrem Kopf zusammen.

Sie schlüpfte in den Mantel und ging fort. Sie ging in den Park, in dem Jess und sie immer abends ihren Spaziergang machten. Dort setzte sie sich auf eine Bank, holte Mutters Brief hervor und las ihn von neuem durch.

Es gab keinen Ausweg. Anne wußte, was sie zu tun hatte.

*

Eva war allein zu Haus.

„Was ist denn mit dir los, Annekind?" fragte Eva. „Du bist ja so blaß? Fühlst du dich nicht wohl?"

„Ich muß mit dir reden", sagte Anne. Sie sprach leise und angestrengt.

„Aber liebes Kind, was ist denn?"

Sie zog Anne neben sich auf das Sofa.

„Ich habe einen Brief von Mutter bekommen. Und jetzt mußt du versuchen, mich zu verstehen, Eva. Ich muß – nein, erst will ich erzählen. Also – du weißt, mein Bruder Tore bewirtschaftet den Hof. Er ist strebsam, der Tore. Und er ist so glücklich über den Betrieb. Was in den letzten Jahren auf dem Hof an Verbesserungen gemacht worden ist, das ist Tore zu verdanken. Aber er entbehrt es, daß er nichts gelernt hat. Er hat so viele Pläne, aber ihm fehlen die Kenntnisse. Und jetzt möchte er in diesem Winter so gern einen Kursus in der Landwirtschaftsschule mitmachen."

Anne schluckte einen Kloß herunter und fuhr fort:

„Liv erwartet wieder ein Kind. Sie darf keine schwere Arbeit tun. Mutter ist alt. Mathild hat geheiratet und ist weggezogen. Magnus fährt zum Fischen aus, das kann man nicht mehr rückgängig machen. Diese Fischereianteile bringen ja auch das Bargeld in den Hof. Und jetzt, Eva – wenn Tore diesen Kursus mitmachen will, dann brauchen sie zu Hause Hilfe. Mutter und Liv können die Wirtschaft nicht allein besorgen. Und du wirst verstehen ...", Anne konnte nicht mehr weiterreden.

Eva streichelte ihre Hand.

„Gute kleine Anne", flüsterte sie.

„Verstehst du mich, Eva?"

„Ja, Anne. Ich verstehe dich. Aber, Anne – du kannst doch wenigstens bis zum Konzert bleiben? Du *kannst* Jess nicht so furchtbar enttäuschen!"

„Ich kann bis Ende September bleiben, wenn ihr mich so lange behalten wollt", sagte Anne.

Eva lächelte.

„Wollen? Da frag mal den Jess!"

Jess saß vornübergeneigt mit den Händen zwischen den Knien. Onkel Herluf paffte an seiner langen Pfeife. Anne saß blaß und mit zusammengepreßten Händen da. Eva hatte eine Näharbeit in den Fingern, ohne viel zu tun.

„Anne", sagte Jess mit belegter Stimme. „Es ist natürlich alles ganz richtig. Aber denkst du denn nicht daran, daß – ja natürlich hast du Pflichten gegen deinen Bruder, man hat Pflichten gegen andere Menschen, das ist klar. Aber denkst du nicht daran, daß du vor allen Dingen Pflichten gegen den Mann hast, den du heiraten willst?"

Anne wurde einer Antwort enthoben. Denn Onkel Herluf nahm die Pfeife aus dem Mund und sagte genau das, was sie selbst dachte:

„Hör zu, Jess. Annes Angehörige haben sehr viel getan, um Anne während ihrer Ausbildung unter die Arme zu greifen. Sie haben ihr so viel Geld geschickt, wie sie konnten. Sie haben ihr mit Paketen geholfen – und vor allen Dingen: sie haben in diesen drei Jahren auf Annes Arbeitskraft verzichtet. Verstehst du nicht, wie Anne zumute ist? Verstehst du nicht, daß ihr ganzes Gerechtigkeitsgefühl und ihr innerer Anstand ihr sagen, daß *sie* jetzt an der Reihe ist, denen zu Hause zu helfen? Soll Tores Zukunft in Frage gestellt werden, nur damit ihr ein halbes Jahr eher zusammenkommt? Nein, Jess, dies Glück wäre zu teuer bezahlt! Und ihr würdet es nie so recht genießen können. Ihr habt gar nicht das Recht, Tore dies Glück bezahlen zu lassen – um es einmal ganz brutal auszudrücken. Und Anne kommt im Grunde billig davon. Anne soll ein halbes Jahr auf dem heimatlichen Hof arbeiten. Tore dagegen hat drei Jahre lang die schwere Fuhre gezogen, damit Anne *ihre* Ausbildung erhalten konnte."

„Ihr seid jung, Jess", sagte Eva, „ihr seid sogar sehr jung. Ihr könnt es euch leisten zu warten."

Jess hob den Kopf. Sein Gesicht war ernst, aber ohne Bitterkeit. Es lag eine feste Entschlossenheit über ihm.

„Gut, Anne", sagte er leise. „Du hast recht, und Vater hat auch recht. Ich weiß, Vater, ihr seid einer Meinung. Ich bin enttäuscht, das müßt ihr verstehen, aber –", jetzt stahl sich ein kleines Lächeln hervor, „für nichts bekommt man auch nichts, und so will ich mein Glück mit einem weiteren halben Jahr des Wartens bezahlen. Mein Annemädel – Mutter Kristina kann froh sein, eine Tochter wie dich zu haben!"

„Und wir erst!" sagte Onkel Herluf. „Wir mit solch einer Schwiegertochter!"

„Und ich erst!" sagte Jess.

## *Jess erobert das Publikum*

Es summte und schwirrte in dem großen Konzertsaal, es raschelte von Programmen und eleganten seidenen Kleidern, Stuhlsitze klapperten und knarrten.

Das erste Orchesterkonzert dieses Winters fand statt. Und als besondere Attraktion stand ein junger Künstler auf dem Programm, der sein Erstlingskonzert gab. Ein junger Pianist, der am selben Tag einundzwanzig Jahre alt wurde: Der junge Jess Daell, der auf dem besten Wege war, sich als Komponist einen Namen zu machen. Die einführenden Interviews in den Zeitungen hatten schon allerlei Lobendes über den jungen Daell gebracht. Jetzt sollte Jess Daell zeigen, was er als Pianist zu bieten hatte.

„Dort sitzen die Eltern", flüsterte jemand und nickte zur ersten Reihe hin. „Die blonde junge Dame ist Daells Verlobte. Doch, doch, haben Sie es nicht gelesen? Die Anzeige stand vor ein paar Monaten in der Zeitung! – Entzückendes Mädchen. Ja, nicht wahr? Sie ist Norwegerin. Schülerliebe, Daells wohnten ja ein paar Jahre in Norwegen. – Ich kann mir denken, daß der Kapellmeister aufgeregt ist. – Wie jung Frau Daell aussieht!"

Dann verstummte das Raunen.

Der Dirigent trat aufs Podium. Es wurde geklatscht. Und dann setzte das Orchester zur Egmont-Ouverture ein.

Anne saß zwischen den Schwiegereltern. Ihre Hände waren feucht vor Aufregung. Ihre Gedanken flogen zurück zu dem Abend vor anderthalb Jahren, als sie daheim im Theater gesessen und Jess seine eigene Musik zu Lottis Kinderkomödie dirigiert hatte.

Nicht ein Ton von der Ouverture drang in Annes Bewußtsein ein.

Sie klatschte mechanisch, als die andern klatschten. Und in der Pause redete sie kein Wort. Ihre Hände lagen reglos im Schoß ihres neuen, seidenen Kleides, das Eva ihr genäht hatte. Die Hände mit den beiden Ringen von Jess, dem Aquamarin an der linken und dem glatten Reif an der rechten Hand –

Jetzt entstand auf dem Podium eine kleine Unruhe – Jess kam heraus. Groß und dunkelhaarig und schön, zum ersten Mal in seinem Leben im Frack und weißer Binde.

Er dankte mit einer lässigen Verbeugung für den Beifall, der ihm als Begrüßung gezollt wurde. Er setzte sich, und für den Bruchteil einer Sekunde suchten seine Augen ein helles Mädchengesicht in der ersten Reihe.

In seinen Mundwinkeln saß ein winzigkleines Lächeln, als er mit dem Dirigenten einen Blick tauschte.

Der hob den Taktstock – und dann ...

Anne stand das Herz still. Ungezählte Male hatte sie Jess dies spielen hören. Stundenlang hatte er geübt. Anne kannte jeden Ton.

Aber nun war es etwas ganz anderes. Das riesengroße, gut eingespielte Orchester, das Jess und dem Dirigenten geschmeidig und willig folgte, das Zusammenspiel von Klavier und Orchester ... Es benahm ihr den Atem.

Nicht ein Ton ging an ihrem Ohr vorüber. Sie fing jede Schattierung auf. Jetzt kam das feine, behutsame Pianissimo, jetzt ein inniges Wechselspiel zwischen Klavier und

Bläsern – und dann plötzlich setzte Jess zu dem jubelnden Fortissimo an.

Vielstimmig sang das Orchester das gefällige Motiv; es wechselte, wurde klar und kühn, fast angreiferisch.

Das Orchester schwieg. Die Kadenz löste es ab. Jetzt hatte Jess allein das Wort. Annes Augen hingen an ihm, hingen an seinen geschmeidigen Händen, an dem Gesicht, das sie liebte. Und in einem bebenden, andächtigen Augenblick kam es ihr schwindelnd klar zum Bewußtsein, daß dieser Mann, dieser Künstler, *ihr* gehörte. Alles, was an Inspiration, an gottbegnadeter Begabung in ihm lebte – das gehörte *ihr* – denn ihr gehörte Jess.

Jetzt kam der Schluß des ersten Satzes. Das Klavier perlte und trillerte. Jetzt fiel das Orchester in dies klingende Perlen ein, und der Satz endete mit einem mächtigen, volltönenden Akkord.

Im Saal war es still, ganz still. Das Publikum atmete kaum. Anne fühlte Onkel Herlufs Hand, die sich auf ihre gelegt hatte. Sie tauschten einen wortlosen Händedruck.

Dann kam der ruhigere, singende, melodiöse zweite Satz. Jess spielte so sicher, war so ganz mit der Komposition verschmolzen, war so – ja, er sah so glücklich aus, während er den reinen Harmonien in seinem Gemüt Ausdruck verlieh.

Dann schwoll die Musik an, wurde voller und reicher. Das Klavier klang kühn mitten durch das Orchester – es nahm zu an Kraft, immer mehr, erfüllte den Saal – und der Satz schloß wie eine jubelnde Fanfare.

Die Spannung löste sich jetzt. Anne wußte, daß Jess sich durchgesetzt hatte. Sie wußte es, denn sie war musikalisch, und sie liebte Jess, und seine Gefühle lebten in ihr. Aber sie merkte es auch an den Händen von Onkel Herluf und Eva, die die ihren preßten.

Dann folgte der dritte Satz mit seinem unerbittlichen Anspruch an die Technik. Jess stürzte sich hinein. Es hörte sich an, als bewältigte er es spielend leicht. Seine Hände waren ihm ein gehorsames Werkzeug, die bereitwillig alles aussagten, was in Jess vorging – und was in dem Komponisten vorgegangen war.

Der letzte, volle, jubelnde Akkord verklang. Dann folgte eine sekundenlange, atemlose Stille.

Und nun brach der Jubel los.

Anne wußte nicht mehr, wie es zugegangen war, daß sie plötzlich im Künstlerzimmer stand. Da waren viele Menschen, Leute, die sie nicht kannte. Da waren lachende Gesichter, heitere Gesichter – sie flossen vor ihren Augen zu einem Nebel zusammen.

Aus dem Saal ertönte ein Brausen, das jubelnde Beifallsbrausen – es schwoll zu ohrenbetäubendem Lärm an, sowie Jess sich wieder auf dem Podium sehen ließ.

Endlich, endlich wurde es still.

Jess kam nach hinten. Eine Haarsträhne fiel ihm in die Stirn, sein Kragen lag naß und zerknittert um seinen Hals. In den Armen hielt er riesige Blumensträuße.

Er ließ sie alle fallen, breitete die Arme aus, und Anne stürzte hinein. Beide merkten nicht, wie ein geistesgegenwärtiger Journalist die Leica ans Auge riß und sie knipste.

„Anne — Annemädchen ..." In seinem grenzenlosen Glück drückte Jess sie fest an sich, dies war ja *ihr* Glück, *ihr* Erfolg, und sie konnten in diesem Augenblick einander nicht nahe genug sein.

Stolze, glückliche Eltern. Kollegen, die mit dem Lob nicht sparten. Lächelnde Kritiker.

Zu Hause ein Fest. Viele Menschen, Reden, Sekt. Anne war es noch nie so wirbelig im Kopf gewesen.

„Anne!" sagte Jess. Er hob ihr sein Sektglas entgegen.

Sie tat ihm Bescheid.

„Jess!"

Sie tranken, und seine Lippen bildeten Worte ohne Laut. Worte, die nur Anne verstand:

„Ich liebe dich ..."

Daheim auf Möwenfjord erhob sich Mutter Kristina in diesem Augenblick schwerfällig von ihrer Bank vor dem Webstuhl. Was sollte das! Es hatte keinen Sinn, so lange aufzubleiben.

Liv trat in die Tür. Schwer und reich war Liv, sie trug ihr zweites Kind unterm Herzen.

„Willst du nicht schlafen gehen, Mutter Kristina?"

„Doch, ich gehe jetzt. Ich hab' gerade dagesessen und gedacht, Liv, wie gut es ist, daß Anne nach Haus kommt, wenn Schecke kalben soll ..."

## *Annes große Bewährungsprobe*

Anne schob den Melkschemel beiseite, stand auf und goß die Milch durch das Sieb. Dann hob sie den Schaum ab und tat ihn in Maunz' Schale, nahm einen Eimer in jede Hand und ging hinein. Auf den Vorplatzsteinen streifte sie die Holzschuhe ab.

In der Küche war es warm. Liv holte gerade die Brote aus dem Ofen.

„Du mußt mir heute abend wohl ein bißchen Kaffee hinstellen, Liv. Es scheint so, als sollte es heute nacht mit Schecke losgehen, ich will lieber aufbleiben."

Liv lächelte.

„Das hier ist für dich jetzt eine andere Kost, Anne."

„Das kann man wohl sagen."

Anne sagte nichts weiter. Sie wußte selber nicht, daß die alte Einsilbigkeit wieder von ihr Besitz ergriffen hatte. Sie sprudelte nicht mehr so, wie wenn sie mit Jess zusammen war, und überhaupt in Gesellschaft der lebhafteren Stadtmenschen.

Sie ging still und schlicht umher und versah ihr Tagewerk. Die Außenarbeit war ihr Bereich. Da gab es genug zu tun. Kühe und Schweine schrien nach Futter. Stall und Schweinkoben sollten ausgemistet, die Hühner versorgt, die Kühe morgens und abends gemolken, die Milchkannen mit Sand ausgescheuert werden. Sie mußte Holz hacken und Kartoffeln auslesen – o nein, sie brauchte nicht zu fürchten, plötzlich arbeitslos zu sein.

Sie tat ihre Pflicht, schweigend und treu. Von Kopenhagen hatte sie berichtet, von dem Konzert und vom Frühjahr in der Stadt, der Zeit bei Großmama. Sie war ausgefragt worden und hatte geantwortet, und als alles erzählt war, da schwiegen sie wieder. Schwiegen in einer guten, vertrauten Art.

Die Tage gingen dahin. Von einem Posttag zum andern. Jeden Freitag kam ein Brief von Jess, und an diesen Tagen nahm Anne das kleine Boot mit dem Außenbordmotor und fuhr ins Dorf. Dann ging sie gleich mit zum Krämer heran und kaufte ein, was für die Woche nötig war.

Als sie eines Tages nach Haus kam und bemerkte, daß sie vergessen hatte, Kaffee mitzubringen, mußte sie lächeln, so ärgerlich es auch war. Ja, so war es, wenn man so lange in der Stadt gelebt hatte! Sie mußte sich erst wieder an Möwenfjord gewöhnen. Hier hieß es, seine Gedanken beisammen haben. Hier konnte man nicht einfach in den Mantel schlüpfen und eben an die Ecke zum Kaufmann laufen, wenn man etwas vergessen hatte.

Die Arbeit fiel ihr im Anfang schwer. Sie war drei Jahre weg gewesen, und es war hart, von neuem zuzupacken.

Aber Tore schrieb einen Brief und erzählte, wie wohl er sich auf der Schule fühle und wie viel man dort lerne. Jetzt hatte er allerlei erfahren, was er im Betrieb zu Haus verbessern konnte, sobald er die Zügel wieder in die Hand nahm.

So war denn Annes Opfer nicht umsonst.

Anne goß die Milch in die Kannen, säuberte die Eimer und das Sieb und stellte alles umgekehrt auf dem Herd zum Trocknen auf. Dann trank sie ihren Kaffee und zog sich Tores Overall über. Sie zündete eine Laterne an und ging wieder in den Stall.

Doch! Es konnte jetzt nicht mehr lange dauern mit Schecke. Sie stand unruhig in ihrem Verschlag, brüllte klagend und zerrte an der Kette.

Anne rieb sie mit Strohwischen trocken. Schecke brüllte wieder.

Mit einemmal beschlich Anne eine Angst. Sie hatte schon früher Kälber in die Welt geholt, aber heute war es ihr zum erstenmal allein überlassen. Die Verantwortung ruhte nun auf ihr. Wenn nun etwas schief ging? Aber weshalb sollte es schiefgehen? Schecke hatte schon drei Kälber in die Welt gesetzt, es war immer gut abgelaufen.

Anne hockte sich auf einen Melkschemel, wartete. Es war ganz still um sie. Das Rauschen des Wasserfalls ertönte aus der Ferne, wenn sie hinhörte. Wenn sie jedoch nicht an ihn dachte, dann nahm sie ihn auch nicht wahr.

Da knarrte die Tür. Sie wandte den Kopf.

„Aber, Mutter, bist du noch nicht im Bett?"

„Nein, ich wollte doch mal sehen, wie es geht."

Kristina prüfte Schecke mit erfahrenem Blick. Es arbeitete in dem schwerfälligen Kuhleib, Muskeln spannten sich, und Schecke brüllte wieder.

„Ach ja, du Arme", sagte Mutter Kristina. „Meine Schecke. Bald ist es vorüber, sollst mal sehen. Gib mir etwas Stroh, Anne."

Der Leib wurde von neuem gerieben, mit langen, sicheren, erfahrenen Bewegungen.

„Glaubst du eigentlich, sie hat Schmerzen, Mutter?"

„Ach ja. Die hat sie sicher. Aber es dauert jetzt nicht mehr lange."

„Geh nur hinein, Mutter."

„Ich glaube, ich bleibe hier bei dir", sagte Mutter Kristina. „Es ist bald vorüber."

Sie sprachen nichts weiter, Mutter und Tochter. Sie warteten darauf, daß eines der Wunder dieses Lebens sich vollziehen sollte.

Da lief ein heftiges Zucken durch Scheckes Leib.

Mutter Kristinas starke, kundige Hände griffen um etwas Dunkles, Feuchtes, Lebendiges. Anne half mit. Und gleich darauf hielt sie ein nasses, zappelndes Bündel in den Armen.

„Dem Herrgott sei Dank", sagte Mutter Kristina.

Das Wunder war vollbracht.

Anne hatte das Kälbchen trocken gerieben und in den Kälberstand gesetzt. Dann hatte sie Schecke zu trinken gegeben und sie gemolken.

Eine gesegnete, warme Ruhe lag über dem Stall.

Anne trug die Laterne und Mutter Kristina den Eimer mit der Biestmilch. Sie lächelten einander zu, als sie in die Küche kamen und dort Licht machten. Anne zündete den Primuskocher an. Es war nicht das richtige, so spät Kaffee zu trinken, aber sie sowohl als auch Mutter Kristina hatten jetzt ein unbändiges Verlangen nach einer Tasse heißem Kaffee.

Sie ließen sich am Küchentisch nieder. Mutter Kristina strich Fladenbrote, streute Zucker darauf und legte sie vor Anne hin.

12 6641-12

„Iß, mein Kind. Du hast heute abend noch nichts gegessen."

Anne rollte die Scheibe zusammen und biß hinein. Dann wischte sie sich den Zucker vom Mund und lächelte. „Ich muß immer an Jess denken, wenn ich Fladenbrot esse."

„Du wirst wohl auch sonst an ihn denken", sagte Mutter Kristina. In ihren Augen lauerte ein kleines Lächeln.

„Ja", sagte Anne.

„Du bekommst einen guten Mann, Anne."

„Ja, Mutter. Und einen begabten Mann."

Mutter Kristina nickte. Sie hatte auch die Kritiken gelesen, die Jess bekommen hatte. Sie hatte alle Zeitungsausschnitte in die oberste Kommodenschublade gelegt. Mit erstaunten Augen hatte sie die Bilder betrachtet – von Jess am Flügel, von Jess neben dem Vater, und das seltsamste von allen: Jess und Anne nach dem Konzert, wie sie sich umschlungen hielten.

„Der jungverlobte Jess Daell besiegt das Kopenhagener Musikpublikum vollständig", war die Überschrift *dieser* Besprechung.

Die andern Überschriften waren nicht schlechter:

Der Komponist Jess Daell erregt mit Schumanns Klavierkonzert Jubel – Ein Erstlingskonzert mit ungeahnten Verheißungen – Jess Daell setzt sich mit einundzwanzig Jahren durch.

„Das hier ist für dich jetzt eine andere Kost, Anne", meinte Mutter Kristina, genau wie Liv neulich.

„Es ist gesund, mit der Kost etwas abzuwechseln", lächelte Anne.

*

Sie sagte nichts darüber, wie groß ihre Sehnsucht war. Sie behielt es bei sich, und keiner erfuhr, daß das Kopfkissen hin und wieder ein bißchen feucht von Tränen war.

Wenn sie sich vorstellte, daß Jess gerade *jetzt* ins Konzert fuhr – jetzt in dem hellen Musikzimmer saß und übte – jetzt vielleicht über den Rathausplatz ging – daß er jetzt gerade erwachte und seine Gedanken nach Möwenfjord gingen – dann hatte sie eine fast schmerzhafte Sehnsucht.

Ja, die Güter der Welt waren ungleich verteilt.

Sie entbehrte diesmal die Erleichterungen, die das Stadtleben mit sich brachte. Sie entbehrte das elektrische Licht, das Telefon, das Bad, die Läden, in die sie schnell einmal laufen konnte. Sie entbehrte das fließende Wasser, das elektrische Bügeleisen – nie war ihr die Arbeit so schwer erschienen wie diesmal.

Da kam wieder ein Brief von Jess.

„... und jetzt übe ich das Klavierkonzert Nr. 4 von Beethoven. Ich schufte wie ein Kuli, und ich komme auch voran. Es ist vorgesehen, daß ich es im Januar mit dem Radioorchester zusammen spielen soll.

Und dann muß ich Dir noch erzählen, Anne, daß ich das Stipendium bekommen habe. Aber ich bin nicht verpflichtet, sofort zu reisen. Ich darf bis zum Frühjahr warten – und dann, Anne – dann wird das eine Stipendium-Studien-Hochzeitsreise, alles auf einmal.

Ja, ich habe große Sehnsucht, Anne. Ich brauche Dich so. Ich brauche Dich, wenn ich arbeiten muß. Wenn ich müde bin und finde, es wird nicht so, wie ich will, dann sehne ich mich danach, Deine weichen Hände zu spüren, wie sie mir übers Haar streichen. Wenn Du bei mir bist, dann *kann* ich arbeiten. Glaubst Du, ich hätte den Schumann so gut geschafft, wenn Du nicht den ganzen Sommer bei mir gewesen wärst? Wenn Du bei meinen Übungen zuhörst, dann spiele ich für *Dich,* und dann – dann kann ich!

Aber ich sollte mich was schämen, daß ich klage. Kleine liebe Anne, es tut mir so herzinnig leid um Dich. Wenn ich gehegt und gepflegt und verhätschelt werde und mich an den gedeckten Tisch setze (und welch ein Tisch: Du kennst Muttchens Essen!), dann denke ich an Dich, wie Du die schwere Arbeit tun mußt. Wer Dir doch helfen könnte, kleine Anne, wer Dir nur die schweren Kannen schleppen könnte ..."

Anne hielt im Lesen inne. Sie las die letzten Zeilen noch einmal, mit gerunzelten Brauen. Was da stand, war ihr nicht recht. Irgend etwas lehnte sich dagegen auf. Sie hatte nicht um Mitleid gebeten!

Sie bedurfte keines Mitleids!

Sie wußte selber nicht, was in diesem Augenblick in ihr vorging. Sie wußte nicht, daß es der Sippenstolz war, das Pflichtgefühl der Sippe, ja das Gemeinschaftsgefühl der Sippe selber, was mit einemmal in ihr lebendig wurde.

Mußte man sie bemitleiden, weil sie die gleiche Arbeit tat wie ihre Mutter, wie die Großmutter und die Urgroßmutter und die Urahninnen vor ihr, still und zufrieden und selbstverständlich? War sie zu bemitleiden, weil sie ihr kleines Scherflein zum Gedeihen des Familienbesitzes beisteuerte? War sie zu bemitleiden, stark und jung wie sie war, daß sie in ihrem Vaterhause mitarbeitete, *für* ihr Vaterhaus – für dies Zuhause, dem sie alles verdankte?

*Aufrecht und mit leichter Hand tat Anne ihre tägliche Arbeit*

Anne reckte sich hoch. In diesem Augenblick glitt etwas von ihr ab. Die Sehnsucht und Unzufriedenheit fielen von ihr ab wie eine Schale. Und der gute Kern kam ans Tageslicht.

Sie fühlte sich so stark, und sie empfand eine tiefe, ehrfürchtige Liebe zu ihrer Arbeit.

Aufrecht und mit leichter Hand und einem kleinen Lächeln um den Mund griff Anne nach dem Eimer und schritt zum Brunnen, um Wasser zu holen.

Frisch und munter setzte sie das Futter übers Feuer, und während sie im Kessel rührte, trällerte sie leise vor sich hin.

„Liebster Jess!

Ich danke Dir für Deinen Brief. Ich freue mich so sehr, daß Du arbeitest und daß es so fabelhaft mit Dir vorangeht. Ich freue mich darüber, und ich freue mich über *alles*. Am meisten Freude habe ich vielleicht an meiner eigenen Arbeit. Ich brauche Dir nicht leid zu tun, Jess. Ich will nicht, daß Du Mitleid mit mir hast, denn dazu ist kein Grund. Ich bin für diese Arbeit geschaffen, sie liegt mir im Blut, und ich stehe auf gutem Fuß mit ihr. Nie zuvor habe ich die Arbeitsfreude so lebendig in mir gefühlt wie jetzt. Ich denke nicht zurück, Jess, und ich gönne mir keine Zeit für die Sehnsucht. Ich denke an die Zukunft, und da freue ich mich so über alle Maßen auf den Frühling. Und während ich mich so freue, tue ich meine Arbeit, und jede Arbeit macht gleich viel Spaß. Es ist herrlich, seine Kräfte zu gebrauchen, es ist herrlich zu wissen, daß ich meinem Vaterhaus von Nutzen sein kann. Das wirst Du verstehen können!"

Anne schrieb weiter, die Feder lief schnell und ohne Aufenhalt über das Papier.

Als der Brief fertig war, nahm sie das kleine Boot und gestattete sich eine Extrafahrt ins Dorf. Diesen Brief sollte Jess so schnell wie möglich haben.

Mutter Kristina folgte ihrer Jüngsten mit den Augen. Nie hatte sie Anne so leuchtend, so willig, so voller Arbeitsfreude erlebt. Alles ging ihr schnell von der Hand, und sie tat es mit lachendem Mund und kleinen fröhlichen Worten. Anne war aus gutem Holze!

*

Die Zeit aber flog unglaublich schnell dahin. Kaum hatten sie sich ein paarmal um sich selbst gedreht, da war Weihnachten vor der Tür. Magnus kam zum Fest nach Haus. Er und Anne richteten alles für den Heiligabend her, den Weihnachtsbaum und den schönen Weihnachtstisch. Liv machte das Essen. Mutter Kristina saß verwundert im Lehnsessel und sah den fleißigen Kindern zu, die sie an diesem Abend ganz außer Gefecht gesetzt hatten.

Mutter sollte es heute gut haben. Mutter sollte merken, daß sie Kinder hatte, die das Schiff steuern konnten.

Sie stellten das Radio an; schweigend lauschten sie auf die Glocken, die den Heiligabend einläuteten.

Anne saß kerzengerade da, mit erhobenem Kopf. Ihre Gedanken waren bei Jess. Aber sie machten auch einen Abstecher zu Großmama und Lore – zu Fräulein Tvilde und dem kleinen Pettie – zu allen denen, die es gut mit ihr gemeint und ihr geholfen hatten, das Ziel zu erreichen, das sie sich gesteckt hatte.

Mutter Kristina betrachtete das junge, ausdrucksvolle Gesicht. Sie sah, wie die Augen dunkler wurden, und sie sah die feinen Nasenflügel beben. Mutter Kristina nickte unmerklich. Jetzt waren Annes Gedanken sicher bei Britt.

Liv stand auf und zündete die Weihnachtskerzen an.

Anne starrte in die kleinen Flammen. Jetzt fühlte sie Jess' Gedanken ganz lebendig und nahe.

Sie wußte es selbst nicht, daß sie die Hände gefaltet hatte. Wußte nicht, daß ihr ganzes Ich, alles das, was Anne Viken war, sich zu einem großen demütigen Dank sammelte.

## *Der Weg ins Glück*

Die Sonne stieg von Tag zu Tag höher. Der Wasserfall schwoll an und toste über den Fjällhang. Kleine weiße Lämmer wurden aus dem Stall gelassen und blieben vor der großen, hellen Weite stehen, fragend und unsicher dreinschauend.

In der Wiege schlief das jüngste Kind – Livs und Tores Tochter.

Anne summte und trällerte. Sie war von Freude erfüllt, der Lenz machte sie ganz übermütig.

Tore wurde bald zurück erwartet. Aus Kopenhagen kam Post und berichtete von einer Zweizimmerwohnung und guten Kritiken und Honoraren und einem Bankbuch, das für Möbel und Aussteuer gedacht war.

Dann schüttete der April seine Regengüsse über Möwenfjord aus. Anne kam vom Stall herein mit Regentropfen in Haaren und Augenbrauen, und sie lachte durch den Regen.

Und wieder schien die Sonne, sie schien auf knospendes junges Laub und auf kleine grüne Ackerflächen. Tore arbeitete auf dem Acker, mit all den Kenntnissen, die er sich in der Schule erworben hatte, und mit liebevollen Händen. Möwenfjord sollte ein Hof werden, der sich sehen lassen konnte!

Der alte Maunz begriff nichts an diesem sonnenblanken Maientag.

Wenn alles mit rechten Dingen zuginge, dann würde er jetzt auf der Bank in der Wohnstube liegen, gerade da, wo die Sonne hinschien. Dort war jahraus jahrein jeden Vormittag sein Platz gewesen! Aber durfte er das jetzt etwa? Nein! Er war kurzerhand vor die Tür gesetzt worden, auf den Treppenstein hinaus – nun ja, Futter und Milch hatte man ihm hinausgestellt, das war es gar nicht – aber Maunz war ein konservativer Kater und liebte es nicht, daß an seinen Gewohnheiten gerüttelt wurde. Und es war nicht das gleiche, ob man draußen auf den Fliesen vorm Hauseingang lag oder auf der Bank in der Stube, nein!

Wie still es überall war. Kein Schritt im Haus. Auch im Stall rührte sich niemand. Nur das ferne, zarte Klingeln vom Schellenschaf oben im Fjäll klang herüber.

Maunz hüpfte auf das Gesims vor dem Wohnstubenfenster und lugte hinein. Hatte man so was schon gesehen, was sollte das bedeuten? Weißes Tischtuch und das beste Geschirr auf dem Tisch, und trotzdem sagte ihm sein Instinkt, daß heute keineswegs Sonntag war.

Er warf noch einen prüfenden Blick in die Stube. Sie war mit grünem Laub geschmückt, mit weißen Anemonen und Ranunkeln, und der Tisch war so groß, viel größer als sonst.

Maunz zwinkerte mit den klugen alten Augen. Das sollte nun einer verstehen!

Dann sprang er vom Fenstersims herunter, überlegte einen Augenblick, zuckelte bedächtig bis zur Scheune und huschte durch das Katzenloch in der Mauer. Wenn die Stube abgesperrt war, dann mußte man zu dem traulichen

Winkel im Heu seine Zuflucht nehmen, den man sonst immer nur nächtlicherweise aufsuchte.

Die Leute stauten sich an der Kirche. Es gab nicht einen im Dorf, für den heute kein Festtag war. Die Jugend hatte den ganzen letzten Tag gearbeitet, um eine Ehrenpforte zu errichten und alles mit jungem Birkenlaub auszuschmücken.

Man erzählte sich so allerlei. Wie glänzend die Anne das Examen bestanden hatte. Daß die Anne im Ausland gewesen und in der Zeitung abgebildet worden war – einer großen dänischen Zeitung, dick wie ein Buch, dick wie ein ganzer Jahrgang vom Fjordboten. O ja, ein Bild von Anne, wie sie Jess mit den Armen umschlang.

Aber Anne war den ganzen Winter zu Haus gewesen, und da hatte sie tüchtig zupacken müssen. Es war nicht so einfach, wenn keine Mannsleute auf dem Hofe waren.

Aber jetzt waren sie besser dran auf Möwenfjord, denn jetzt waren Tore und auch Magnus daheim. Und Leute, die mit dem Boot vorbeigekommen waren, konnten berichten, daß auf Möwenfjord gebaut und gezimmert und gestrichen würde wie nie zuvor.

Heute ruhte alle Arbeit. Heute sollte auf Möwenfjord Hochzeit gefeiert werden. Heute sollte die kleine Anne von Hause fortziehen, weit fort, aus dem Dorf, aus dem Lande, ja sogar aus dem Norden.

Ja, die Anne, die Anne!

„Da ist der Bräutigam!“

Köpfe drehten sich um.

Viele lächelten, viele grüßten.

Groß und schmal war er, der Bräutigam, aufrecht und sicher ging er zwischen seinen Eltern auf die Kirche zu. Der junge Mann, der ihm folgte – ja natürlich, das war wohl der Brautführer? Sicher. Der war auch Musiker. Ein Violinist, sagte einer, der Bescheid wußte.

„Ob das seine Mutter ist, die Kleine da? Die sieht aber jung aus . . ."

Dann traten sie in die Kirche, wo stille Kerzen in hohen Leuchtern brannten und wo es nach Birkenlaub roch.

Auf dem Kai wartete das junge Mädchen vom Pastorat. Sie sollte während der Trauung Livs Kinder in ihre Obhut nehmen. Denn den feierlichen Trauakt wollte sich Liv nicht entgehen lassen!

„Da kommt das Boot!"

Wieder drehten sich die Köpfe um. Das Boot vom Möwenfjord bog um die Landzunge.

Die Sonne glänzte in Mutter Kristinas und Livs und Marthilds weißen Frauenhauben. Sie blitzte in dem Filigranschmuck auf den weißen Hemden.

Und die Sonnenstrahlen spielten im klingelnden Laub um die weite, schimmernde Hochzeitskrone.

Sie war schwer, diese Krone. Da konnten sie mitreden, all die Frauen, die ringsum standen und zuschauten, Alte wie Junge. Sie hatten sie selbst getragen, und noch erinnerten sie sich des schweren Gewichts und der Müdigkeit.

Aber Anne trug den Kopf hoch, während sie an Magnus' Arm auf die Kirche zuging. Ihr schien die Krone leicht zu sein. Hinter Anne gingen Mutter Kristina, Liv, Marthild, Tore – ja sogar die Schwester Björg und deren Mann waren zur Hochzeit gekommen.

*Die schwere Hochzeitskrone schien Anne leicht zu sein*

Auf Annes Antlitz lag ein Leuchten. Sie sprach nicht. Und sie neigte nicht den Kopf vor Scheu, wie so manche Braut es tut. Sie schlug nicht einmal die Augen nieder.

Den Blick nach vorn und nach oben gewandt, ging Anne über die Schwelle der Kirche.

Dann setzte die Orgel ein.

Anne blieb einen Augenblick still stehen. Dann vertiefte sich gleichsam der Schein auf ihrem Gesicht, und sie schritt durch das Kirchenschiff.

Am Altar wartete Jess.

# Spannende SchneiderBücher von Berte Bratt:

| HABE ICH | | WÜNSCHE ICH MIR |
|---|---|---|
| | **Serien** | |
| | **Meine Tochter Liz** | |
| | **Ein Mädchen von 17 Jahren** | |
| | **Das Leben wird schöner, Anne** | |
| | **Anne und Jess** ← Habe ich! | |
| | **Anne, der beste Lebenskamerad** | |
| | **Bleib bei uns, Beate** | |
| | **Hab Mut, Katrin** | |
| | **Meine Träume ziehen nach Süden** | |
| | **Die Glücksleiter hat viele Sprossen** | |
| | **Sonjas dritte Sternstunde** | |
| | **Machst du mit, Senta?** | |
| | **Sonnige Tage mit Katrin** | |
| | **Umwege zum Glück** | |
| | **Kleiner Hund und große Liebe** | |
| | **Alles kam ganz anders** | |

Gib diesen Wunschzettel Deinen Eltern oder Großeltern oder allen, die Dir gerne eine Freude machen wollen.

| HABE ICH | | WÜNSCHE ICH MIR |
| --- | --- | --- |
| | **Einzeltitel**<br>**Regina schafft es doch** | |
| | **Nina, so gefällst du mir** | |
| | **Nicole, ein Herz voll Liebe** | |
| | **Alle nennen mich Pony** | |
| | **Wir schaffen es gemeinsam** | |
| | **Das kleine Reiseandenken** | |
| | **Moni träumt vom großen Glück** | |
| | **Mein großer Bruder** | |

Gib diesen Wunschzettel Deinen Eltern oder Großeltern oder allen, die Dir gerne eine Freude machen wollen.